Sherlock Holmes

THE SIGN OF FOUR

권 도 희

—

미스터리 전문 번역가. 옮긴 책으로는 애거서 크리스티의 『누명』, 『비뚤어진 집』, 『움직이는 손가락』, 배리 리가의 『나는 살인자를 사냥한다』, 존 카첸바크의 『하트의 전쟁』, 더스틴 토머슨의 『12.21 종말의 날』, 조지핀 테이의 『시간의 딸』 등이 있다.

*

이 도서의 국립중앙도서관 출판시도서목록(CIP)은
서지정보유통지원시스템 홈페이지(http://seoji.nl.go.kr)와
국가자료공동목록시스템(http://www.nl.go.kr/kolisnet)에서 이용하실 수 있습니다.
CIP제어번호 : CIP2016013765

—

이 작품의 한국어판은 영국 Penguin Books의 'THE PENGUIN SHERLOCK HOLMES COLLECTION'의 『The Sign of Four』(2011)을 번역 저본으로 삼았으며, 영국 Oxford University Press의 'THE OXFORD SHERLOCK HOLMES'(1993)를 참고하였습니다.

셜록 × 홈스

Sherlock Holmes

THE SIGN OF FOUR

네 사람의 서명

Arthur Conan Doyle

아서 코넌 도일 지음 / 권도희 옮김

엘릭시르

*

추리학

1.

셜록 홈스는 벽난로 선반 구석에 놓인 약병과 깔끔한 모로코 가죽 상자에 들어 있던 주사기를 가져왔다. 하얗고 긴 손가락으로 초조해하면서도 세심하게 주사기에 약을 넣고는 곧이어 왼쪽 셔츠 소매를 걷어올렸다. 그의 시선은 셀 수 없이 많은 바늘 자국 때문에 점점이 상처가 남은 힘줄 솟은 팔뚝과 손목을 응시하며 무언가를 깊이 가늠하듯이 멈춰 있었다. 이윽고 한 곳에 날카로운 바늘을 꽂더니 작은 피스톤을 눌렀다. 그리고 벨벳 안락의자에 털썩 주저앉아 만족스러운 듯 긴 한숨을 내쉬었다.

지난 몇 달 동안 하루에 세 번씩 보았던 모습이다. 하지만 그 모습을 보는 일이 좀처럼 익숙해지지 않았다. 도리어 매일 보면 볼수록 점점 더 짜증이 났고, 홈스를 말리지 못하고 있다는 생각에 밤마다 양심의 가책에 시달렸다. 터놓고 홈스를 만류해보아야겠다고 수도 없이 다짐했지만 아무도 자신의 자유를 억압할 수는 없다고 말하는 것 같은 차갑고 초연한 분위기에 부딪히면 번번이 의지가 꺾였다. 뿐만 아니라 홈스의 대단한 능력, 훌륭한 태도, 그리고 지금까지 내게 보여주었던 수많은 특별한 자질들 때문에 그를 말리는 일에는 더욱 자신이 없고 주저하게 되었다.

그렇지만 그날 오후에는 점심때 마신 부르고뉴 와인 때문인지 아니면 그동안 홈스를 보며 고민을 많이 해서 감정이 격해진 탓인지 더이상 참을 수가 없었다.

"오늘은 모르핀인가, 코카인인가?"

홈스가 읽고 있던 고서에서 시선을 떼더니 나른하게 나를 올려다보았다.

"코카인 7퍼센트 용액이라네. 자네도 한번 해보겠나?"

"아니. 아직 아프간전쟁에서 입은 부상도 다 낫지 않았어. 내 몸은 그런 자극을 견뎌내지 못할 걸세."

내가 퉁명스럽게 대답했다.

홈스는 짜증 섞인 반응에 싱긋 웃었다.

"자네 말이 맞을 거야, 왓슨. 내가 보기에도 이건 신체에 좋지 않은 영향을 미치니까. 하지만 기분을 크게 고조시키고 정신을 맑게 해주니 부작용은 별문제가 아니지."

"그래도 생각해보게! 어떤 대가를 치러야 하는지 말이야! 자네가 말한 대로 뇌가 깨어나며 흥분도 고조되겠지. 하지만 그건 뇌 조직이 비정상적이고 병적인 변화를 보이면서 생기는 증상이야. 뇌가 자칫 영구적으로 손상을 입을 수도 있단 말일세. 그럴 경우 어떻게 되는지는 자네도 잘 알고 있을 거야. 아무 이득도 없는 일이라고. 대체 무슨 이유로 순간의 쾌락을 누리고자 자네가 가지고 있는 엄청난 능력을 잃을 위험까지 감수하는 건가? 이건 친구로서뿐 아니라 도의적인 책임을 가진 의사로서 하는 말이기도 해."

내가 진지하게 말했다.

홈스는 기분이 상한 것처럼 보이진 않았다. 도리어 대화를 즐기고 있다는 듯이 의자 팔걸이에 팔꿈치를 얹고는 양손의 끝을 모았다.

"난 두뇌가 쉬고 있는 걸 참을 수 없네. 문제를 주게나. 내가 할 일을 주게. 난해한 암호나 분석하기 힘든 복잡한 문제를 달란 말이야. 그럼 본래의 모습으로 돌아갈 테니까. 그때는 이런 인공적인 흥분제는 얼마든지 그만둘 수 있다네. 지금은 매일의 무료함을 달랠 길이 없어. 두뇌를 쓰는 희열을 맛보고 싶은데 말이지. 내가 특별한 직업을 선택한 이유 역시 그렇다네. 아니,

내가 만든 직업이지. 세상에서 이 일을 하는 사람은 나밖에 없으니까."

"자네가 세상에 유일무이한 탐정이라고?"

내가 눈썹을 치켜 올리며 말했다.

"세상에 유일무이한 자문 탐정이지. 수사에 한해서 나는 최후의 항소 고등법원이나 마찬가지라고 할까. 그레그슨이나 레스트레이드, 애설니 존스는 보통 자기들이 감당하기 힘든 사건을 내게 가져오곤 하지. 그 친구들 수준에서는 모든 사건이 감당하기 어려운 것 같지만. 난 전문가로서 자료들을 검토하고 전문적인 의견을 제시한다네. 그러면서 어떤 대가도 요구하지 않아. 이름이 신문에 나오는 것도 아니고. 사건 자체, 내 특별한 능력을 펼칠 장을 발견한 즐거움, 내겐 그게 바로 보상이라네. 제퍼슨 호프 사건을 겪으면서 자네도 내가 어떤 방식으로 일하는지 약간은 알게 되었을 텐데."

"그랬지. 평생 그런 경험은 처음이었어. 심지어 그 내용으로 '주홍색 연구'라는 기막힌 제목의 책까지 썼을 정도였으니까."

난 진심으로 말했다.

홈스가 애석하다는 듯 고개를 저었다.

"나도 대충 봤네. 솔직히 자네한테 좋은 말을 해줄 순 없겠더군. 범죄수사란 정밀과학이며, 그래야만 한다네. 감정에 좌우

되지 않고 침착하게 이어나가야 하는 거지. 그런데 자넨 과학적 범죄수사에 낭만적인 분위기를 첨가했네. 마치 유클리드 제5공리에 사랑의 도피나 연애사를 집어넣은 것처럼 말이야."

"실제로 사랑 이야기도 있지 않았나. 없는 사실을 만들어내진 않았어."

내가 항의했다.

"어떤 사실들은 숨길 필요가 있다네. 그러지 못하면 적어도 균형 감각을 가지고 내보여야 하고. 그 사건에서 중요하게 언급되어야 할 것은 딱 하나지. 결과에서 원인을 추론해 사건을 해결한, 특별한 분석적 추리법 말이야."

홈스가 기뻐할 거라고 생각하며 썼던 작품에 대해 이런 비판을 듣자 짜증이 났다. 솔직히 말하면 내 작품에 자신의 특별한 활약상만을 쓰라고 요구하는 자기중심적 태도에 짜증이 났다. 베이커 스트리트에서 홈스와 함께 산 몇 년간, 나를 가르치려 드는 친구의 차분한 태도 아래 숨겨진 허영심을 발견한 적이 한두 번이 아니었다. 나는 아무 말 않고 부상당한 다리를 주물렀다. 예전에 제자일 장총의 총알이 다리를 관통한 적이 있었다. 평소 걷는 데는 지장이 없었지만 날씨에 따라 살짝 통증이 있을 때도 있었다.

"최근에는 대륙에서도 자문 의뢰가 들어오고 있네."

홈스가 오래된 파이프에 담배를 채워 넣은 뒤 이어 말했다.

"지난주에는 프랑수아 르빌라르의 자문을 받아주었지. 자네도 누군지 알 거야. 최근 프랑스 탐정업계에서 두각을 나타내고 있는 인물이지. 그 친구는 켈트족 특유의 빠른 직감을 가지고 있더군. 하지만 자기 능력을 좀더 높은 단계까지 끌어올리기 위해서는 광범위한 분야의 전문적인 지식이 필요해 보였다네. 그 친구가 자문을 구한 유언장 사건은 흥미로운 특징이 많았지. 난 르빌라르에게 유사한 두 건의 사례를 알려주었어. 한 건은 1857년 리가에서 있었던 사건이고 다른 한 건은 1871년 세인트루이스에서 있었던 사건일세. 덕분에 그 친구는 사건을 제대로 해결할 수 있었지. 오늘 아침에는 도와준 덕분이라며 보내 온 편지를 받았다네."

홈스가 구깃구깃한 외국 편지지를 던져주었다. 얼핏 보니 존경의 의미가 가득한 문구들이 눈에 들어왔다. 굉장한 능력, 대단한 솜씨, 절묘한 기술 등등 드문드문 보이는 프랑스어 단어들에서 프랑스인이 홈스에게 열광적인 존경심을 품고 있다는 사실을 고스란히 실감할 수 있었다.

"이 사람은 자네가 스승이라도 되는 것처럼 말하고 있군."

"그래, 그 친구가 내 도움을 지나치게 높게 평가하고 있긴 하지. 르빌라르 본인도 재능이 출중한 친구라네. 이상적인 탐정에게 필요한 세 가지 요건 중 두 가지를 가지고 있으니까 말이지. 그에게는 관찰력과 추리 능력이 있어. 유일하게 가지고 있지 않은 것이 지식인데, 그것도 시간이 지나면 나아질 걸세. 르빌라르가 지금 내 논문을 프랑스어로 번역하고 있지."

홈스가 가볍게 대꾸했다.

"자네 논문?"

"아, 몰랐나?"

그가 큰 소리로 되물으며 웃음을 터뜨렸다.

"그래, 대단하진 않지만 논문 몇 편을 썼네. 전부 수사 방법론에 관한 거지. 예를 들면 『다양한 담뱃재의 특징』이 있다네. 140가지 종류의 시가, 담배, 파이프용 담뱃재 들이 어떻게 다른지 보여주는 컬러 삽화를 곁들였지. 담뱃재는 형사사건 재판에서 끊임없이 등장하고 가장 중요한 단서가 될 때도 있으니까 말이야. 이해하기 편하게 예를 들자면, 만일 어떤 살인 사건의 범인이 인도산 룬카 시가를 피우는 남자라는 것을 알면 용의자의 범위는 확실히 줄어들지. 훈련을 거치고 나면 트리키나펄리 시가의 검은색 재와 버즈아이 담배의 솜털 같은 흰색 재는 양배추와 감자처럼 확연하게 다르다는 것을 알아볼 수 있다네."

"자넨 그런 세세한 일들을 알아내는 데 비범하고 천재적인 능력을 가지고 있군."

"세세한 일들이 얼마나 중요한지 잘 알거든. 여기 발자국 본을 뜨는 법에 관해 쓴 논문은 소석고를 이용해 족적을 훼손하지 않고 보존하는 방법을 설명한 거라네. 또 직업에 따라 손 모양이 어떻게 변하는지에 관해 쓴 논문도 있어. 슬레이트공, 선원, 코르크 절단공, 식자공, 직공, 다이아몬드 연마공 들의 손 모양 도판도 실었지. 이건 과학수사에 실질적으로 크나큰 도움을 줄 수 있다네. 신원 불명인 시신의 신원 조회나, 범인의 전과를 확인할 때는 더욱이 도움이 될 거야. 이런, 계속 내 취미 얘기만 해서 지겹겠군."

내가 진지하게 대답했다.

"천만에, 아주 흥미로워. 특히 자네가 그런 지식을 실제로 적용하는 것을 본 적도 있으니 말이야. 그런데 조금 전 자네가 말한 관찰과 추리 말일세. 두 가지는 확실하게 겹치는 부분이 있다고 보는데."

"그렇게 보긴 힘들지."

홈스가 안락의자에 편안하게 몸을 기대며 반박했다. 파이프에서 짙은 푸른색 연기가 올라오기 시작했다.

"예를 들어볼까. 자네가 오늘 아침 위그모어 스트리트 우체국에 갔다 왔다는 것은 관찰로 알 수 있고 자네가 전보를 보냈다는 건 추리로 알 수 있다네."

"맞아! 두 가지 다 맞았네! 어떻게 알았는지 모르겠군. 우체국에 간 건 계획에 없던 일인데다 아무에게도 말한 적이 없는데."

"아주 간단한 거야."

홈스는 내가 깜짝 놀라자 소리 내어 웃었다.

"딱히 설명이 필요 없을 정도로 간단하지. 하지만 관찰과 추리에 대한 정의를 확실하게 내리기 위해 설명해주겠네. 난 관찰을 통해 자네 발등에 붙은 작은 붉은색 진흙을 발견했지. 위그모어 스트리트 우체국 건너편에서 도로 포장 공사를 시작한 뒤로 땅을 파고 있지 않나. 우체국에 들어가려면 그 길을 지나지 않을 수가 없지. 내가 알기로 근방에서 그런 독특한 붉은색 진흙은 거기밖에 없다네. 여기까지가 관찰이고 나머지는 추리야."

"내가 전보를 보냈다는 건 어떻게 추리했나?"

"오늘 오전 내내 자네와 마주앉아 있었는데 자네가 편지를 쓰지는 않았거든. 책상 위에는 우표와 엽서 뭉치도 그대로 놓여 있었고. 그렇다면 우체국에 무엇을 하러 갔겠나? 전보를 보내는 일밖에 없지 않은가? 다른 모든 경우의 수를 제거하고 마지막에 남는 것이 진실이라네."

"이번 경우는 확실히 그렇군."

나는 잠시 생각한 뒤에 물었다.

"자네가 말한 것처럼 너무 간단한 일이었어. 괜찮다면 좀더 까다로운 문제로 자네의 이론을 시험해봐도 되겠나?"

"덕분에 잠깐이라도 코카인 생각을 하지 않을 수 있으니 나야 좋지. 문제를 기꺼이 받아들이겠네."

"자넨 일상적으로 사용하는 물건에는 사용하는 사람의 특징이 남을 수밖에 없고, 훈련된 관찰자라면 그것을 알아낼 수 있다고 했어. 자, 이 시계는 최근에 손에 들어온 거라네. 시계를 가지고 있던 사람의 습관이나 성격을 말해줄 수 있겠나?"

나는 속으로 재미있어하면서 시계를 홈스에게 건네주었다. 내 생각에 이 문제를 풀기는 불가능했다. 이번 일을 계기로 홈스가 종종 내뱉는 독선적인 말투부터 바로잡을 생각이었다. 홈스는 시계를 받아들더니 무게를 가늠해보았다. 그리고 문자판을 뚫어지게 살피더니 뒤판을 열어 맨눈으로 속을 들여다보다가 고배율 돋보기로 자세히 살펴보았다. 마침내 그가 시계 뒤판을 닫고 돌려주었다. 홈스의 의기소침한 표정에 웃음을 참기 힘들었다.

"시계에 단서가 거의 남아 있지 않아. 최근에 청소해서 대부분의 정보들이 지워진 상태군."

홈스가 말했다.

"자네 말이 맞아. 내가 받았을 때 청소가 되어 있었다네."

나는 친구가 실패를 감추기 위해 어쭙잖은 변명을 늘어놓는다고 생각했다. 청소를 하지 않은 시계였다고 한들 별다른 단서가 있었을까?

"만족스러운 정도는 아니지만 그렇다고 아무것도 건지지 못한 건 아니야."

홈스가 꿈을 꾸는 것처럼 흐릿한 눈으로 천장을 올려다보았다.

"틀린 게 있으면 말해주게. 내가 보기에 이 시계는 자네 형님이 아버지에게 물려받은 거야."

"당연히 시계 뒤판에 새겨진 H.W.라는 머리글자를 보고 알았겠지?"

"그래. W는 자네 성의 머리글자니까. 제조일자가 거의 오십 년 전이고 시계만큼이나 머리글자도 오래전에 새겨진 것이라 원래는 자네 아버지 물건이라고 추측했지. 기억하기로 자네 아버지는 오래전에 돌아가셨댔지. 귀금속류는 보통 장남에게 물려주고 장남들은 아버지 이름을 그대로 물려받는 경우가 많으니, 시계는 형님이 물려받았을 거야."

"거기까지는 맞아. 다른 건?"

"자네 형님은 야무지지 못한 사람이었어. 품행이 단정치 못하고 부주의한 성격이었지. 한때는 전도가 유망했지만 번번이 기회를 날리는 바람에 가난하게 살았네. 가끔씩 돈이 들어올 때도 있었지만 오래가지 않았고. 그러다 끝내 알코올의존증으로 목숨을 잃고 말았지. 알아낸 건 그게 전부야."

나는 자리에서 벌떡 일어나 절뚝거리며 방안을 서성였다. 마음이 많이 상했다.

"자네답지 않아, 홈스. 자네가 이 정도로 전락하다니 도저히 믿을 수 없군. 자넨 불행했던 우리 형님에 대해 이미 뒷조사를 했던 거야. 그리고 기발한 방법으로 추리한 척하는 거지. 자네가 낡은 시계만 보고 그 사실을 전부 알아냈다고 하면 믿을 거라 생각했나! 정말 지독하군. 분명히 말하자면 사기꾼이나 할 짓일세."

"친애하는 의사 선생, 사과를 받아주게나. 문제 풀이에만 집중하다 보니 자네의 사적이고 고통스러운 경험을 꺼내놓는 일이라는 걸 잊고 말았군. 하지만 맹세컨대 난 이 시계를 보기 전까지 자네에게 형님이 있다는 사실조차 몰랐다네."

홈스가 다정하게 말했다.

"그렇다면 어떻게 그 사실들을 알았단 말인가? 전부 들어맞았는데."

"운이 좋았어. 난 가능성을 따져보았을 뿐일세. 정확하게 맞을 줄은 몰랐어."

"어림짐작으로 한 말은 아니지 않은가."

"아니지, 그건 아니야. 난 어림짐작 같은 건 하지 않는다네.

논리적인 능력을 파괴하는 끔찍한 습관이니까. 자네 눈에 이상하게 보인 이유는 자네가 내 사고의 흐름을 따라오지 못하고 진상을 유추할 수 있는 사소한 일들을 관찰하지 않았기 때문이지.

자네 형님의 부주의한 성격부터 시작해보세. 여기 시계 아랫부분을 보면 움푹 팬 부분이 두 군데 있고 그 외에도 여기저기 긁힌 자국을 볼 수 있을 거야. 시계를 동전이나 열쇠처럼 딱딱한 물건들과 한 주머니 속에 넣고 다녔음을 의미하지. 오십 기니나 하는 시계를 함부로 다루는 남자니 성격이 어떨지는 불을 보듯 뻔한 거 아닌가. 게다가 이 정도 가치 있는 물건을 상속받은 남자라면 다른 것도 많이 물려받았을 거라는 짐작이 터무니없진 않지."

나는 추리 과정을 제대로 따라가고 있다는 것을 보여주기 위해 고개를 끄덕였다.

"영국 전당포 주인들은 시계를 담보로 잡으면 보통 시계 내부에 날카로운 핀으로 번호를 새긴다네. 번호표를 붙이는 것보다 훨씬 편리할뿐더러 번호표가 떨어진다거나 바뀔 위험이 없기 때문이지. 돋보기로 시계 내부를 살펴보니 그런 번호가 네 개나 보이더군. 따라서 형님이 종종 형편이 어려웠다는 걸 알 수 있었지. 동시에 가끔씩 사정이 좋아졌다는 것도 알 수 있었다네. 그렇지 않았으면 저당잡힌 시계를 찾지 못했을 테니 말이야. 마지막으로는, 자네가 태엽 열쇠 구멍 주변을 한번 들여다보는 게 좋겠군. 구멍 주위로 셀 수 없이 많은 긁힌 자국이 보일 거야. 바로 열쇠를 끼울 때 생긴 흠집이라네. 정신이 멀쩡한 사람이 태엽 열쇠를 끼우면서 그 정도로 흠집을 낼 것 같은가? 그렇지만 주정뱅이들의 시계에서는 흔히 볼 수 있는 자국이야. 자네 형님은 밤에 태엽을 감을 때마다 손이 떨리는 바람에 이런 흠집을 만든 거지. 지금까지 한 이야기 중에 이상한 게 있나?"

"아주 명확해. 조금 전에 함부로 말해서 미안하네. 자네의 경이로운 능력을 좀더 믿었어야만 했어. 현장 수사하러 나갈 일은 없나?"

"없어. 그래서 코카인을 하는 거지. 난 머리를 쓸 일이 없으면 살 수가 없다네. 그게 아니면 무엇을 위해 살아야 한단 말인가? 여기 창문 앞으로 와보게. 이렇게까지 지루하고, 암울하고, 할 일 없는 세상이 어디 있단 말인가? 거리를 뒤덮었다가 음산한 집들 사이로 흩어지는 누런 안개를 보게. 이보다 더 지루하고 절망적일 수 있을까? 의사 선생, 능력이 있다 한들 그 능력을 발휘할 곳이 없으면 무슨 소용이란 말인가? 범죄도 진부하고 인생사도 진부해. 이 진부한 세상에서 진부하지 않은 걸 찾을 수가 없네."

내가 홈스의 장황한 이야기에 대답을 하려는 순간 노크 소리가 들리더니 하숙집 주인이 명함을 올린 놋쇠 쟁반을 들고 들어와 친구에게 말했다.

"젊은 숙녀분이 찾아왔어요."

홈스가 명함에 적힌 이름을 읽었다.

"메리 모스턴 양이라. 음! 기억에 없는 이름인데. 허드슨 부인, 숙녀분을 올려 보내주시겠습니까? 그대로 있게, 의사 선생. 같이 있어주면 좋겠군."

사건 의뢰

2.

모스턴 양은 침착한 태도에 흔들림 없는 걸음걸이로 방에 들어왔다. 체구가 작고 우아한 분위기를 지닌 이 금발머리의 젊은 숙녀는 흠잡을 데 없는 품위 있는 옷차림에 장갑까지 끼고 있었다. 그러나 소박하고 단순한 꾸밈새로 보아 경제 사정이 그리 넉넉하지 않다는 것을 알 수 있었다. 회색빛이 도는 베이지색의 수수한 드레스에는 끝단 장식이나 꼬임 장식이 전혀 없었다. 그나마 드레스와 똑같은 색상의 작은 터번 모자에 하얀 깃털이 달려 있어 딱딱한 분위기를 누그러뜨리고 있었다. 이목구비가 뚜렷하다거나 피부가 아주 곱지는 않았지만 표정만큼은 정말 사랑스럽고 상냥했다. 그리고 푸른 눈동자에서 대단히 숭고한 영혼과 따뜻한 마음씨를 읽을 수 있었다. 이제껏 세 대륙의 수많은 나라를 오가면서 만난 여자들 중에 이처럼 풍부한 감수성과 고상한 인격이 느껴지는 여자는 없었다. 모스턴 양은 셜록 홈스가 권하는 자리에 앉았다. 나는 그녀의 모습에서 시선을 뗄 수가 없었다. 파르르 떨리는 입술과 손을 보고 지금 몹시 불안해하고 있다는 것을 알 수 있었다.

"이렇게 찾아온 이유는 지금 제가 일하고 있는 세실 포레스터 부인 댁의 집안 문제를 예전에 홈스 씨가 해결해주셨다는 이야기를 들었기 때문입니다. 부인은 홈스 씨의 능력과 친절한 태도에 깊은 감명을 받으셨다고 했어요."

모스턴 양이 말했다.

"세실 포레스터 부인이라."

홈스는 이름을 되뇌며 생각에 잠겼다.

"사소한 도움을 드린 적이 있죠. 내가 기억하기로 아주 간단한 일이었습니다만."

"부인의 생각은 달라요. 설령 그렇다 하더라도 제 사정을 듣고 나서는 그렇게 말씀하지 못하실 거예요. 전 지금 상상도 할 수 없을 만큼 이상하고, 도저히 이해할 수 없는 상황에 처했으니까요."

홈스는 눈을 반짝거리며 양손을 문질렀다. 매를 닮아 윤곽이 뚜렷한 얼굴은 완전히 집중한 표정을 짓고 있었다. 그는 몸을 앞으로 내밀었다.

"어떤 상황인지 이야기해주시죠."

홈스가 사무적인 어조로 딱딱하게 말했다. 나는 어쩐지 자리에 있으면 안 될 것 같아 의자에서 일어났다.

"그럼 전 이만 실례하겠습니다."

그러자 놀랍게도 젊은 숙녀가 장갑 낀 손을 들어 나를 만류했다.

"괜찮으시면 친구분께서도 같이 계셔주시면 좋겠어요. 제게 큰 힘이 될 거예요."

나는 다시 자리에 앉았다.

"간략하게 말씀드리겠습니다. 제 아버지는 인도에 주둔한 연대의 장교셨어요. 제가 아주 어릴 때 저만 영국으로 돌려보내셨죠. 어머니는 돌아가셨고 영국에는 친척도 없어요. 하지만 전 에든버러에 있는 기숙학교에서 열일곱 살이 될 때까지 잘 지냈답니다.

1878년, 연대에서 고참 대위셨던 아버지가 일 년간 휴가를 얻어 영국으로 돌아오셨어요. 아버지는 런던에 안전하게 도착했다면서 랭엄 호텔로 오라고 전보를 보내셨죠. 사랑과 그리움이 가득 담긴 내용으로 기억해요. 런던으로 와서 랭엄 호텔을 찾아가자 호텔에서는 모스턴 대위가 투숙을 한 건 맞지만 지난

밤에 나가서 돌아오지 않았다고 하더군요. 온종일 기다렸지만 아버지는 소식이 없었어요. 그날 밤까지도 연락이 없기에 호텔 지배인의 조언에 따라 경찰에 실종 신고를 했습니다. 다음날 아침 모든 신문에 아버지를 찾는 광고를 냈고요. 하지만 아버지를 찾을 순 없었답니다. 그날부터 지금까지 불쌍한 아버지에 대한 소식을 전혀 듣지 못했어요. 아버지는 편안하게 쉬고 싶은 마음으로 영국에 돌아오셨는데 그러긴커녕……."

말을 잇지 못하는 모스턴 양은 손으로 입을 가리고 흐느껴 울기 시작했다.

"그때가 언제였습니까?"

홈스가 수첩을 펼치며 물었다.

"아버지는 1878년 12월 3일에 실종되셨어요. 거의 십 년 전 일이죠."

"아버님의 짐은 어떻게 됐죠?"

"호텔에 남아 있었습니다. 단서가 될 만한 건 아무것도 없었어요. 옷가지와 책 몇 권, 안다만제도에서 제법 많이 가져온 진귀한 물건들이 전부였죠. 아버지는 그곳에서 죄수 막사 경비 담당 장교로 계셨어요."

"아버님은 런던에 친구가 있었습니까?"

"제가 알기로는 한 분밖에 안 계세요. 봄베이 제34연대장이었던 숄토 소령이란 분입니다. 소령님은 그 일이 있기 얼마 전 퇴역해서 어퍼노우드에 살고 계셨어요. 그분께도 연락을 해봤지만 아버지가 영국에 돌아온 것도 모르시더군요."

"이상한 일이군요."

홈스가 말했다.

"정말 이상한 건 이제부터예요. 육 년 전, 정확하게 말하면 1882년 5월 4일 자 《타임스》에 메리 모스턴, 그러니까 제 주소를 알려달라는 광고가 실렸어요. 제게 도움을 주기 위해서라고 되어 있었지만 광고를 낸 사람의 주소나 이름은 나와 있지 않았죠. 당시는 제가 세실 포레스터 부인 댁에 가정교사로 들어간 지 얼마 지나지 않았을 때로, 부인의 조언에 따라 광고란에 제 주소를 실었습니다. 그랬더니 바로 그날 제 앞으로 작은 상자가 배달됐는데 안에 크고 빛나는 진주 한 알이 들어 있었어요. 편지는 없었고요. 그때부터 해마다 그 날짜에 진주가 든 상자가 배달되기 시작했습니다. 보낸 사람이 누구인지는 전혀 알 수 없었고요. 전문가에게 보였더니 아주 귀하고 값비싼 진주라고 하더군요. 얼마나 근사한지 직접 보시면 아실 거예요."

그녀가 작은 상자를 꺼내 열자 지금껏 본 중에 가장 훌륭한 진주 여섯 알이 들어 있었다.

"흥미로운 이야기군요. 다른 일은 없었습니까?"

셜록 홈스가 말했다.

"있었어요. 바로 오늘요. 그래서 홈스 씨를 찾아온 거랍니다. 오늘 아침에 이 편지를 받았습니다. 직접 읽어보시는 편이 나을 거예요."

"고맙습니다. 봉투도 보여주시죠. 런던 남서부 지역, 날짜 7월 7일이라는 소인이 찍혀 있군요. 음! 봉투 한쪽에 남자의 엄지손가락 지문이 남아 있군요. 우체부가 남겼겠죠. 최고급 편지지에, 봉투는 한 다발에 육 펜스짜리입니다. 보낸 사람은 취향이 까다로운 남자일 겁니다. 주소는 없군요.

'오늘 저녁 7시, 라이시엄 극장 전면의 왼쪽에서 세 번째 기둥에서 만납시다. 혹시 불안하다면 친구를 두 명쯤 데려와도 좋아요. 당신은 피해자이니 정당한 보상을 받아야 합니다. 경찰은 데려오지 마세요. 그럴 경우 모두 없었던 일이 될 겁니다. 당신의 이름 없는 친구로부터.'

이건 정말이지, 아주 흥미롭군요! 어떻게 할 생각입니까, 모스턴 양?"

"제가 홈스 씨께 묻고 싶어요."

"그럼 나가는 걸로 하지요. 모스턴 양과 나, 왓슨 박사도 함께 가면 좋겠습니다. 편지에 친구 두 명을 데려와도 좋다고 씌어 있으니까요. 왓슨 박사와는 전부터 함께 일하는 사이입니다."

"함께 가주실 수 있으세요?"

모스턴 양이 애원하는 표정과 목소리로 내게 물었다.

"제가 조금이라도 도움이 될 수 있다면, 영광으로 알고 기꺼이 함께하겠습니다."

나는 열띤 어조로 말했다.

"두 분 다 정말 친절하시군요. 그동안 다른 사람과 교류 없이 살아서 이런 일을 부탁할 친구가 없답니다. 그럼 제가 6시까지 이리로 올까요?"

그녀의 질문에 홈스가 대답했다.

"좋습니다. 늦지 마십시오. 참, 한 가지 더 물어볼 게 있습니다. 진주가 들어 있던 상자의 주소도 이 편지와 똑같은 필체로 씌어 있었습니까?"

"여기 가져왔어요."

모스턴 양이 주소가 적혀 있는 종잇조각 여섯 개를 내밀었다.

"정말 모범적인 의뢰인이군요. 직관력도 뛰어나고 말입니다. 한번 살펴보죠."

홈스는 종이들을 탁자 위에 펼쳐 놓고 한 개씩 날카로운 눈으로 살펴보았다.

"편지를 빼고는 필체를 숨기려고 했군요."

그가 곧장 이어 말했다.

"하지만 동일한 특징이 보입니다. 여기 그리스문자처럼 튀어나온 e 자와 끝이 휘어진 마지막 s 자를 보십시오. 의심할 여지없이 한 사람이 썼습니다. 모스턴 양, 그릇된 희망을 주고 싶진 않습니다만 혹시 이 필체가 아버님의 필체와 비슷합니까?"

"아니요. 전혀 비슷하지 않아요."

"그 대답을 듣고 싶었습니다. 그럼 6시에 만나도록 하죠. 이 종이들은 그때까지 제가 가지고 있어도 되겠습니까? 살펴볼 게 있어서요. 아직 3시 반밖에 되지 않았군요. 그럼 이따 다시 뵙겠습니다."

"저녁에 뵙겠습니다."

우리를 찾아온 방문객은 인사와 함께 눈부시게 환하고 따뜻한 눈빛으로 홈스와 나를 차례로 쳐다본 뒤, 진주 상자를 품에 안고 서둘러 방에서 나갔다.

나는 창가에 서서 기운차게 걸어가는 그녀를 지켜보았다. 하얀 깃털이 달린 모스턴 양의 회색빛 도는 모자가 칙칙한 군중들 사이에 묻혀 서서히 멀어져갔다.

"정말 매력적인 숙녀 아닌가!"

나는 친구를 돌아보며 감탄했다.

홈스는 파이프에 불을 붙인 뒤 의자에 기대앉아 눈을 감았다.

"그랬나? 그 점은 인식하지 못했는데."

그가 나른하게 대답했다.

"자넨 정말 기계 같아. 계산기나 마찬가지로 보인다니까! 가끔 인간으로 보이지 않을 때가 있네."

내 외침에 홈스가 싱긋 미소 지었다.

"사람을 판단할 때 가장 중요한 것은 주관적인 기준에 따른 편견을 가지지 말아야 한다는 거지. 내게 의뢰인은 사건의 한 단위이자 요소일 뿐이라네. 감정에 휩쓸리면 이성적으로 추리할 수 없게 되니까 말이야. 내가 알고 있는 사람 중에 가장 매력적인 외모를 가진 어떤 여자는 보험금 때문에 어린 자식 세 명을 독살하고 교수형을 당했다네. 그리고 내가 알고 있는 사람 중에 가장 혐오스럽게 생긴 남자는 런던의 빈곤층을 위해 이십오만 파운드를 기부한 자선가지."

"하지만 이번 경우는……."

홈스가 말을 잘랐다.

"예외는 없네. 예외를 두면 원칙이 소용없어지는 걸세. 자넨 필체로 사람의 특징을 알아낸 적이 있나? 이 필체를 보면 무슨 생각이 드는가?"

"알아보기 쉬운 반듯한 필기체로군. 사무를 본 경험이 있고 야무진 사람이 쓴 것 같은데."

내가 대답하자 홈스가 고개를 저었다.

"여기 길게 써야 하는 글자들을 보게. 짧게 쓰는 글자들과 별 차이가 없잖나. 이러니 d 자와 a 자를 구분하기 힘들고 l 자와 e 자를 구분하기 힘들지. 야무진 사람이었다면 설령 글씨를 잘 쓰지 못하더라도 길이가 긴 글자를 확실하게 구분해서 썼을 거야. k 자에서는 우유부단함이 보이는 반면 대문자에서는 자긍심을 보이고 있어. 이제 나가봐야겠네. 몇 가지 알아볼 게 있어서 말이야. 자네는 그동안 이 책을 한번 읽어보게나. 윈우드 리드의 『인간의 수난』인데 놀랄 만큼 잘 쓴 작품이더군. 한 시간 안에 돌아오겠네."

나는 책을 들고 창가에 앉았다. 하지만 작가의 참신한 주장들은 전혀 머릿속에 들어오지 않았다. 내 마음은 온통 조금 전에 찾아왔던 방문객을 향해 있었다.

그녀의 미소, 깊고 풍부한 목소리, 인생에 드리운 이상한 사건. 그녀가 열일곱 살 때 아버지가 실종되었다고 했으니 지금은 스물일곱 살일 것이다. 아주 좋은 나이이다. 청춘의 자의식이 사라지고 경험으로 쌓은 진중함이 생기기 시작하는 나이이다. 이런저런 생각들을 하다가 자꾸 터무니없는 상상이 떠오르자 책상 앞으로 달려가 최근에 나온 병리학 논문을 열심히 보기 시작했다. 나는 군의관 출신에 다리 상태도 좋지 않고 모은 돈도 별로 없다. 내 주제에 감히 어떻게 그녀를 상대로 헛꿈을 꿀 수 있단 말인가? 홈스의 말대로 그녀는 사건의 단위이자 요소일 뿐이다. 그 이상의 무엇도 아니다. 깜깜한 미래를 상상 속의 불로 밝히려 하기보다는 남자답게 맞서는 편이 훨씬 나았다.

해결책을 찾아

3.

홈스는 5시 30분이 조금 넘어서 돌아왔다. 기분이 좋아 보이고 열의도 넘쳤다. 지독한 우울에서 빠져나온 후엔 늘 이렇게 의욕에 차곤 했다.

"이번 사건은 크게 어렵진 않겠군. 모든 사실들이 단 한 가지로 설명된다네."

내가 따라준 차를 마시며 홈스가 말했다.

"세상에! 벌써 사건의 진상을 알아냈단 말인가?"

"아직 그렇게 말할 단계는 아니야. 의미심장한 사실을 발견했을 뿐이라네. 아니, '아주' 의미심장하지. 구체적인 사항들은 좀더 알아봐야겠지만 말이야. 지난 《타임스》에서 어퍼노우드에 살았고 봄베이 제34연대장이었던 숄토 소령이 1882년 4월

28일에 사망했다는 기사를 찾았다네."

"홈스, 내가 둔한 건지 모르겠는데 그 일이 무슨 상관인가?"

"모르겠다고? 정말 놀랍군. 이런 식으로 생각해보게. 모스턴 대위가 실종됐네. 대위가 런던에서 찾아갈 사람은 숄토 소령밖에 없지. 그런데 숄토 소령은 대위가 런던에 돌아온 줄도 몰랐다고 했어. 그 뒤로 사 년이 지나 숄토 소령이 죽었네. 그리고 소령이 죽은 지 일주일도 지나지 않아서 모스턴 대위의 딸은 값비싼 선물을 받았고, 해마다 선물이 계속되고 있지. 또한 이 편지는 모스턴 양이 피해자라고 말하고 있어. 모스턴 양이 피해자가 될 만한 사건이라면 아버지가 실종된 사건밖에 없지 않은가? 더군다나 숄토 소령이 죽은 직후부터 선물을 받기 시작했다면 이유가 무엇이겠나? 숄토 소령의 상속자가 사건에 관한 진실을 알고 있으며 보상을 하고 싶어 하는 게 아니라면 말이야. 이 모든 일들에 다른 설명을 할 수 있겠나?"

"보상을 하는 것치고는 이상하지 않은가. 무척이나 이상해! 게다가 편지를 보낼 거라면 어째서 육 년 전에 쓰지 않았지? 또 편지에선 모스턴 양에게 정당한 보상을 받으라고 했네. 그녀가 받을 수 있는 보상이 대체 뭔가? 모스턴 대위가 아직 살아 있다고 보긴 어렵지 않나. 자네도 알다시피 모스턴 양이 보상을 받아야 할 일은 그 일밖에 없고."

"그 점이 어려운 문제일세. 정말 어려워."

셜록 홈스가 생각에 잠겨 말했다.

"하지만 오늘밤에 문제들은 다 해결될 걸세. 아, 사륜마차가 도착했군. 모스턴 양이 타고 있어. 준비됐나? 내려가는 게 좋겠네. 약속 시간이 지났어."

나는 모자와 가장 무거운 지팡이를 집어 들었다. 홈스는 서랍에 들어 있던 권총을 꺼내 주머니 속에 집어넣었다. 오늘밤 일이 위험할 수도 있다고 생각한 것이 분명했다.

모스턴 양은 검은색 망토를 두르고 있었다. 그녀의 섬세한 얼굴은 침착해 보였지만 창백했다. 우리와 함께 낯선 모험에 뛰어든 것이 틀림없이 불안할 텐데도 그런 감정을 완벽하게 감추고 있었다. 그리고 셜록 홈스가 던지는 질문들에 시원스럽게 대답했다.

"숄토 소령님은 아버지와는 각별한 사이셨어요. 아버지의 편지에는 소령님에 관한 이야기로 가득했죠. 그분과 아버지는 안다만제도의 부대 사령부에서 오랜 시간을 함께 지냈으니까요. 참, 아버지 책상에서 뭔지 알 수 없는 이상한 문서가 나왔습니다. 크게 중요하진 않겠지만 아무래도 홈스 씨께 보여드려야 할 것 같아서 가져왔습니다. 이거예요."

홈스는 모스턴 양이 건네준 문서를 조심스럽게 펼쳐 무릎 위에 놓았다. 그런 다음 돋보기를 꺼내 들고 자세히 살피기 시작했다.

"인도산 종이고, 한동안 핀으로 벽에 꽂혀 있었군요. 수많은 홀과 회랑, 통로가 있는 커다란 건물 도면의 일부인 것 같습니다. 여기 한쪽에는 빨간색 잉크로 작은 십자가가 그려져 있고 그 위에 연필로 흐릿하게 '왼쪽에서 3 · 37'이라고 씌어 있어요. 왼쪽 구석에는 십자가 네 개를 연이어 그린 것 같은 이상한 기호가 그려져 있군요. 그 밑에는 거칠고 알아보기 힘든 필체로 '네 사람의 서명 – 조너선 스몰, 마호메트 싱, 압둘라 칸, 도스트 아크바르'라고 씌어 있습니다. 음, 솔직히 사건과 이 도면 사이에 연관이 있는지는 아직 모르겠습니다. 하지만 중요한 문서인 건 분명합니다. 양쪽 면이 깨끗한 걸로 봐서 수첩 안에 잘 간직해두었던 모양이군요."

홈스가 말했다.

"아버지의 수첩 안에서 발견했어요."

"이 문서를 잘 보관하십시오, 모스턴 양. 나중에 유용하게 쓸 일이 있을 겁니다. 아무래도 처음에 생각했던 것보다 훨씬 복잡하고 어려운 사건일지도 모르겠군요. 다시 생각을 정리해봐야겠습니다."

홈스는 좌석에 기대앉았다. 멍한 눈빛과 찡그린 얼굴을 보니 깊은 생각에 잠긴 듯했다. 모스턴 양과 나는 목소리를 낮춰 앞으로 겪게 될 모험과 일어날 수 있는 결과에 대해 이야기를 나누었다. 반면 목적지에 도착할 때까지 홈스는 도저히 말을 걸 수 없을 정도로 무거운 침묵을 쭉 지키고 있었다.

아직 구월이고 저녁 7시도 되지 않은 시각이었지만 날이 스산했다. 부슬비를 동반한 짙은 안개가 도심 위로 나지막이 깔려 있었다. 진흙색 구름이 뒤덮은 질퍽거리는 거리는 쓸쓸해 보였다. 뿌연 점처럼 보이는 스트랜드 대로의 가로등 불빛들이 깜박거리며 진흙투성이 도로 위를 흐릿하게 비췄다. 상점 창문에서 새어 나오는 노란색 불빛은 뿌옇고 축축한 대기를 가로질러, 그 흐릿한 불빛을 거리에 던졌다. 가느다란 빛줄기 속을 끝없이 스쳐지나가는 얼굴의 행렬이 으스스하고 유령처럼 느껴졌다. 슬픈 얼굴, 기쁜 얼굴, 화난 얼굴, 즐거운 얼굴. 모든 사람의 인생이 그렇듯 그들은 어둠에서 빛으로 흘러나왔다가 다시 어둠 속으로 사라졌다.

평소에는 이런 느낌을 받은 적이 없었다. 이처럼 흐리고 음산한 저녁 시간에 낯선 사람을 만나러 가고 있다는 상황 때문에 마음이 불안하고 의기소침해진 듯했다. 모스턴 양을 보니 그녀 역시 같은 느낌에 힘들어하고 있음을 알 수 있었다. 홈스만이 아무 영향도 받지 않는 것 같았다. 그는 무릎 위에 수첩을 펼쳐

놓고는 때때로 손전등 불빛을 비춰가며 메모를 하거나 숫자들을 적어넣고 있었다.

라이시엄 극장에 도착하니 이미 양쪽 출입문 앞에 사람들이 잔뜩 몰려 있었다. 덜컹거리며 극장 앞에 줄줄이 멈춰 서는 이륜마차와 사륜마차에서 정장을 갖춰 입은 남자들과 숄을 두르고 다이아몬드로 장식한 여자들이 내렸다. 약속한 세 번째 기둥 앞에 우리가 간신히 다다르자 마부 옷을 입은 남자가 다가와 말을 걸었다. 그는 몸집이 작고 가무잡잡하며 활기차 보였다.

"모스턴 양과 함께 온 분들이신가요?"

"네, 제가 메리 모스턴이에요. 이 신사분들은 제 친구죠."

모스턴 양이 대답했다.

남자는 우리를 의심스럽다는 눈으로 뚫어지게 쳐다보았다.

"아가씨, 실례지만 친구분들이 경찰이 아니라는 것을 맹세하실 수 있습니까?"

남자가 강경한 태도로 말했다.

"맹세할 수 있습니다."

모스턴 양이 대답했다.

남자가 날카롭게 휘파람을 불자 거리의 부랑아 한 명이 사륜마차를 끌고 와 문을 열어주었다. 우리는 마부 옷을 입은 남자가 권하는 대로 마차에 올라탔다. 자리에 앉자마자 그는 말에게 채

찍을 휘두르며 무서운 속도로 안개 낀 거리를 달리기 시작했다.

이상한 상황이었다. 우리는 무슨 일인지도 모르면서 어딘지도 모르는 곳으로 끌려가고 있었다. 이 초대가 짓궂은 장난일 수도 있긴 하지만 실제로 그럴 가능성은 적었다. 중요한 일이라고 생각할 만한 근거도 충분했다. 모스턴 양의 태도는 변함없이 차분하고 결연했다. 나는 아프가니스탄에서의 모험담으로 그녀를 즐겁게 해주고 기운을 북돋아주려고 했지만 흥분한 상태라 이야기에 집중할 수가 없었다. 그래도 그녀는 이 글을 쓰고 있는 지금까지, 내가 컴컴한 밤중에 천막 안을 들여다본 머스킷 총을 쌍발 호랑이 새끼로 잡았다던 이야기가 기억에 남는다고 말하곤 한다. 처음에는 우리가 어느 방향으로 가는지 알고 있었다. 하지만 마차가 빠른 속도로 안개 자욱한 길을 달리는데다 내가 런던 지리를 잘 모르는 탓에 이내 어느 쪽으로 가고 있는지 알 수 없게 되었다. 아주 멀리 가고 있다는 것만 알 수 있었다. 하지만 셜록 홈스는 길을 놓치지 않았다. 마차가 덜컹거리면서 광장들을 통과하거나 구불구불한 골목으로 들어갔다 나가는 동안 계속해서 지명들을 중얼거렸다.

"로체스터 로. 이제 빈센트 스퀘어로군. 지금은 벅스홀 브리지 로드를 지나고 있네. 서리 방향으로 가고 있는 것이 확실하군. 그래, 생각했던 대로야. 이제 다리에 들어섰어. 잠깐 강이 보일 걸세."

홈스가 말했다.

정말 템스 강이 보였다. 마차가 질주하느라 잠시뿐이었지만 가로등 불빛이 비추는 넓고 잔잔한 강물이 보였다. 우리가 탄 마차는 순식간에 강 건너편의 미로 같은 골목길로 진입했다.

"원즈워스 로드야. 프라이어리 로드를 지나고 있군. 라크홀 레인. 스톡웰 플레이스. 로버트 스트리트. 콜드하버 레인. 우리가 가는 곳이 번화가는 아닌 모양이네."

친구가 말했다.

그 말대로 우리는 수상하고 위험해 보이는 동네를 지나쳤다. 길게 늘어서 있는 우중충한 벽돌 주택들을 지나자 골목 모퉁이에 화려하지만 천박한 술집들이 눈에 띄었다. 이어서 집 앞에 작은 정원이 딸린 이 층 주택들이 보이더니 또다시 그 뒤로 새로 지은 것처럼 보이는 단조로운 벽돌 건물들이 끝없이 이어졌다. 마치 대도시에서 뻗어 나온 거대한 촉수처럼 보였다. 마침내 마차는 새로 지어진 주택단지의 세 번째 집 앞에 멈췄다. 아직 다른 집에는 사람이 살지 않는 듯했다. 우리가 도착한 집도 주방 창문에서 새어 나오는 흐릿한 불빛을 제외하면 다른 집들과 마찬가지로 컴컴했다. 하지만 우리가 문을 두드리자마자 인도인 하인이 열어주었다. 하인은 노란색 터번을 쓰고 노란색 장식 띠를 두른 헐렁한 흰색 옷을 입고 있었다. 문 앞에 동양인이 서 있는 모습은 런던 외곽의 소형 주택과는 무척이나 어울리지 않았다.

"사이브■께서 여러분을 기다리고 계십니다."

하인이 말했다. 그와 동시에 안쪽 방에서 높고 새된 목소리가 들렸다.

"손님들을 안으로 모셔. 키트머트가■■. 곧장 이쪽으로 모셔 와."

■ 영국이 인도를 지배하던 시대 인도인이 중산층 이상의 유럽 남자를 부르던 호칭.

■■ 남자 하인을 뜻하는 힌두스탄어.

대머리 남자가 들려준 이야기

4.

우리는 인도인 하인을 따라 누추하고 볼품없는 복도를 걸어갔다. 조명도 어둡고 가구도 구색을 갖추고 있지 않았다. 하인은 복도 오른쪽에 있는 방문을 열었다. 방안에서 눈부신 노란색 불빛이 새어 나왔다. 불빛 한복판에 키가 작은 남자 한 명이 서 있었다. 남자는 정수리에 머리카락이 하나도 없고 가장자리에만 뻣뻣한 빨간색 머리카락이 남아 있었는데, 그 모양이 마치 전나무 숲 가운데 산봉우리가 우뚝 솟아 있는 것처럼 보였다. 그는 서 있는 내내 양손을 비비꼬았다. 얼굴은 경련을 일으키는 것처럼 쉴 새 없이 웃었다 찡그렸다 하면서 표정이 바뀌었다. 아랫입술이 늘어진 탓에 고르지 못한 누런 치아가 지나칠 정도로 눈에 띄었다. 그걸 가리고 싶은 건지 계속해서 입 주위를 손으로 어루만졌다. 눈에 확 띄는 대머리였지만 남자는 젊어 보였다. 실제로 얼마 전에 서른 살이 되었다고 했다.

"어서 오십시오, 모스턴 양."

남자가 가늘고 높은 목소리로 인사를 반복했다.

"어서 오십시오, 신사분들. 제 성소로 들어오세요. 작은 방이지만 좋아하는 물건들로만 꾸몄답니다. 예술의 불모지라 할 만한 황량한 런던 남부에서는 가히 오아시스나 다름없는 공간이라 할 수 있죠."

방에 들어선 우리는 깜짝 놀랐다. 구리 반지에 최상급 다이아몬드를 끼워놓은 것처럼 실내장식들이 집과 전혀 어울리지 않았다. 벽에는 광택이 나는 고급스러운 커튼과 태피스트리 들이 드리워져 있었고 방 여기저기에 액자에 든 값비싼 그림이나 동양풍 화병들이 놓여 있었다. 호박색과 검은색이 섞인 부드럽고 푹신한 양탄자는 발을 내디딜 때마다 이끼를 밟는 것처럼 기분이 좋았다. 그 위에 비스듬히 가로놓인 커다란 호랑이 가죽 두 장이 구석에 있는 거대한 물담뱃대와 함께 동양풍의 화려함을 더해주었다. 방 중앙에는 거의 보이지 않는 금색 줄에 비둘기 모양의 은색 등잔이 매달려 있었다. 등잔에 불을 밝히자 방안에 뭔지 모를 향긋한 향기가 감돌기 시작했다.

"전 새디어스 숄토라고 합니다."

작은 남자가 여전히 경련으로 떨리는 얼굴에 미소를 지으며 말했다.

"아가씨가 모스턴 양이겠군요. 이 신사분들은……."

"이분은 셜록 홈스 씨이고, 이분은 의사이신 왓슨 박사님이세요."

"의사시라고요?"

남자가 흥분하며 큰 소리로 물었다.

"혹시 청진기를 가지고 오셨습니까? 진찰을 부탁드려도 될까요? 아무래도 심장 승모판에 이상이 있는 것 같아서 말입니다. 대동맥은 괜찮은 것 같은데 승모판이 어떤지 박사님의 진단을 듣고 싶습니다."

나는 부탁받은 대로 남자의 심장 소리를 들어보았다. 이상한 점은 없었다. 다만 그는 온몸을 바들바들 떨 만큼 극심한 공포를 느끼고 있었다.

"정상으로 보입니다. 걱정할 필요 없습니다."

"모스턴 양, 이런 모습을 보여서 죄송합니다. 제가 몸이 상당히 안 좋아서요. 오래전부터 심장판막에 문제가 있을지도 모른다고 걱정하고 있었는데, 이상이 없다는 말을 들으니 정말 기쁘군요. 모스턴 양의 아버님께서도 심장에 무리가 가지 않게 신경 쓰셨다면 지금도 살아 계셨을 겁니다."

남자가 경박하게 말했다.

나는 그자의 얼굴을 한 대 때려주고 싶었다. 조심스럽게 이야기해도 모자랄 문제를 눈앞에서 무신경하게 언급했다는 사실에 화가 났다. 모스턴 양은 자리에 털썩 주저앉았다. 그녀의 얼굴은 입술까지 하얗게 질려 있었다.

"아버지가 돌아가셨을 거라고 생각하고는 있었지만……."

"그간 있었던 일들을 모두 알려드리죠. 아가씨에게 정당한 보상도 하겠습니다. 바살러뮤 형이 무슨 말을 하든, 제가 그렇게 할 거예요. 이렇게 아가씨가 친구분들과 함께 와서 정말 기쁩니다. 아가씨를 지켜줄 뿐만 아니라 제가 하는 말의 증인이 되어줄 테니 말입니다. 우리 세 사람이 함께라면 바살러뮤 형 앞에 당당하게 나설 수 있을 거예요. 하지만 경찰이든 다른 공직자든 외부인을 끌어들여서는 안 됩니다. 아무 간섭 없이 우리 힘만으로 모든 일을 만족스럽게 해결해야 해요. 이 일이 밖으로 새어나간다면 바살러뮤 형이 몹시 화를 낼 테니까요."

남자는 길고 나지막한 의자에 앉았다. 그러더니 유약해 보이는 촉촉한 푸른 눈을 깜박거리며 물어보듯이 우리를 쳐다보았다.

홈스가 말했다.

"다른 사람을 끌어들이는 일은 없을 겁니다."

나도 동의한다는 의미로 고개를 끄덕였다.

“좋습니다! 좋아요! 모스턴 양, 키안티 와인 한잔 하시겠습니까? 아니면 토카이 와인은 어떠신지요? 다른 와인은 없어서요. 한 병 딸까요? 괜찮다고요? 그럼 아가씨만 괜찮다면 담배 한 대 할까 하는데요. 향이 좋은 동양 담배랍니다. 제가 지금 살짝 초조해서요. 마음을 가라앉히려면 물담배가 있어야 할 것 같군요.”

남자가 커다란 담배 사발에 불을 붙이자 장미수에서 보글보글 거품이 일더니 연기가 올라오기 시작했다. 산봉우리처럼 우뚝 솟은 반들거리는 머리를 가진 작은 남자가 예의 이상한 경련을 일으키며 불안한 듯 담배 연기를 뿜어냈다. 우리 세 사람은 턱을 괴고 고개를 그쪽으로 기울인 채 반원형으로 둘러앉아 그 모습을 지켜보았다.

“모스턴 양에게 연락을 해야겠다고 결심했을 때, 제 주소를 알려드릴 수도 있었습니다. 하지만 아가씨가 요청을 무시하거나 불쾌한 사람들을 데려올지도 모른다는 걱정이 들더군요. 그래서 실례를 무릅쓰고 윌리엄스가 아가씨를 먼저 만나볼 수 있도록 이런 식으로 약속을 잡았던 겁니다. 전 윌리엄스의 안목을 믿고 있죠. 그가 보기에 뭔가 미심쩍은 점이 있다면 이번 일은 그냥 접으라고 지시를 내렸습니다. 이런 예방 조치 때문에 불쾌하셨을지도 모르겠습니다만 전 사교적인 성품이 못 되는데

다가 나름 취미도 고상한 편이거든요. 그런데 경찰은 정말 고약한 취향을 가진 집단이죠. 전 천박한 물질만능주의를 싫어합니다. 천박한 사람들과 만나는 일도 거의 없죠. 보시다시피 이런 우아한 분위기 속에 살고 있습니다. 예술계의 후원자라고 보시면 될 거예요. 아름다운 것들에 너무 약하달까요. 저 풍경화는 코로의 진품입니다. 감정가들은 의심할지 모르지만 저쪽에 있는 그림은 살바토레 로사의 그림이에요. 그리고 저 그림은 부게로의 작품이 확실하답니다. 제가 근대 프랑스 화가들을 좋아해서요."

"숄토 씨, 말씀 도중에 죄송합니다만 제게 할 말이 있다고 하셨죠. 시간이 많이 늦었으니 이제 그만 용건을 말씀해주셨으면 합니다."

모스턴 양이 말했다.

"최선을 다하겠지만 시간이 걸리는 건 어쩔 수 없습니다. 노우드로 가서 바살러뮤 형을 만나려면 말이죠. 전 이렇게 하는 게 옳다고 생각합니다만 이렇게까지 일을 벌인 걸 알면 형은 화를 낼 겁니다. 어젯밤에도 이 문제로 심하게 싸웠거든요. 형이 화를 내면 얼마나 무서운지 여러분은 상상도 하지 못할 겁니다."

그의 대답에 내가 과감히 나섰다.

"노우드로 가야 하는 거라면 바로 출발하는 게 좋을 것 같은데요."

그러자 그는 귀가 빨개질 때까지 웃었다.

"그건 힘들 것 같습니다. 이런 상태로 갑자기 여러분을 모시고 가면 형이 무슨 말을 할지 모르니까요. 형을 만나기 전에 먼저 준비를 철저히 해야 합니다. 일단 이 일의 전말부터 말씀드리도록 하죠. 제가 자세하게 알지 못하는 것도 있습니다만 아는 건 모두 말씀드리겠습니다.

짐작하셨겠지만 예전에 인도 주둔 부대에 있었던 존 숄토 소령이 제 아버지입니다. 아버지는 십일 년 전에 퇴역하신 뒤 어퍼노우드에 있는 퐁디셰리 로지라는 저택에서 지내셨어요. 아버지는 인도에서 재산을 모아 귀국할 당시 제법 많은 현금과 값비싼 물건들을 가지고 인도인 하인들과 함께 왔습니다. 가지고 온 돈으로 저택을 구입하고 호화로운 생활을 누리셨죠. 자식이라고는 쌍둥이 형제인 저와 바살러뮤 형밖에 없었어요.

전 모스턴 대위가 실종되었을 당시의 일을 똑똑히 기억합니다. 신문 기사로 사건을 알게 되었는데 그분이 아버지의 지인이라는 것을 알고 있었기 때문에 아버지 앞에서도 사건 이야기를 꺼내곤 했었죠. 아버지도 우리가 이야기할 때 한마디씩 거들곤 하셨어요. 그때는 아버지가 아서 모스턴 대위의 운명에 대해 알고 있는 유일한 사람이며 엄청난 비밀을 숨기고 있다는 생각은 전혀 하지 못했습니다.

그러다 뭔지는 알 수 없지만 아버지가 확실히 무언가로부터 위협을 느끼고 계시다는 사실을 알게 되었죠. 아버지는 혼자서 외출하기를 너무나도 두려워했고 퐁디셰리 로시의 경비를 위해 프로 권투 선수 두 명을 고용하셨습니다. 그중 한 명이 오늘밤 여러분을 모셔온 윌리엄스예요. 윌리엄스는 예전에 라이트급 잉글랜드 챔피언이었습니다. 아버지는 무엇을 두려워하는지 말씀해주지 않으셨어요. 하지만 의족을 한 남자를 유독 싫어하셨죠. 한번은 의족을 한 남자를 총으로 쏘신 적도 있었습니다. 알고 보니 주문을 받으러 다니는 아무 잘못 없는 상인이었죠. 그 일을 무마하기 위해 상인에게 엄청난 보상금을 줘야만 했습니다. 형과 저는 아버지가 충동적으로 저지른 단순한 일이라고 생각했지만 그 뒤에 벌어진 사건들로 생각을 바꾸게 되었어요.

1882년 초에 아버지는 인도에서 온 편지를 한 통 받고 엄청난 충격을 받으셨습니다. 아침 식사를 하던 중에 편지를 받았는데, 그 자리에서 실신하실 뻔했어요. 그날부터 몸져누워 다시는 일어나지 못하셨죠. 그날 온 편지는 어디서도 찾을 수 없었지만 아버지가 읽으실 때 얼핏 보니 누가 아무렇게나 휘갈겨 쓴 것인데다 내용도 간단한 편지였습니다. 아버지는 오래전부터 비장 비대증을 앓고 계셨는데 그때부터 병세가 급속도로 악화되더니 사월 말이 되자 더이상 가망이 없다는 진단을 받으셨어요. 그러자 아버지는 마지막으로 우리에게 하실 말씀이 있다고 하셨지요.

우리가 아버지 방에 들어갔을 때 아버지는 베개에 몸을 기대고 거칠게 숨을 몰아쉬고 계셨어요. 방문을 잠그라고 하시고는 침대 양옆으로 오라고 하셨죠. 그런 다음 우리 손을 꼭 잡으시고는, 고통과 격정에 갈라진 목소리로 놀라운 이야기를 하셨습니다. 지금부터는 아버지가 하신 말씀을 그대로 전하겠습니다.

'죽음을 목전에 둔 지금 이 순간, 내 마음을 무겁게 짓누르는 것이 한 가지 있단다. 불쌍한 모스턴의 딸을 보살피지 못했다는 거지. 평생 나를 괴롭힌 저주받을 탐욕 때문에 보물에 대해 그 애에게 알려주지 않았다. 절반은 그 애의 몫인데 말이야. 그렇지만 탐욕에 눈이 멀고 얼이 나간 나는 그 사실을 모르는 척해왔지. 망할 소유욕 때문에 보물을 다른 사람과 나눠야 한다는 것을 견딜 수 없었으니까. 키니네병 옆에 진주들이 장식으로 달린 금관이 보일 거다. 그 애에게 보낼 작정으로 꺼내놓았지만 그마저도 보내지 못했어. 아들들아, 너희가 아그라 보물을 그 애에게 나눠주도록 해라. 하지만 내가 죽기 전까지는 아무것도 보내지 말아다오. 저 금관도 말이야. 이렇게 병이 깊어도 회복

되는 수가 있으니 말이다.

이제 모스턴이 어떻게 죽었는지 말해주마. 그 친구는 오래전부터 심장이 안 좋았어. 하지만 아무에게도 알리지 않았지. 나만 알고 있었다. 그 친구와 나는 인도에서 수많은 어려움을 겪으면서 엄청난 재산을 모을 수 있었단다. 그리고 나는 그 재산을 영국으로 가져왔어. 모스턴은 런던에 도착하자마자 자기 몫을 달라고 찾아왔지. 역에서부터 여기까지 걸어온 친구를 맞아준 사람은 지금은 죽고 없는 충직한 하인 랄 차우더였다. 보물의 분배에 대한 의견이 갈린 모스턴과 나는 말싸움을 벌이고 말았어. 그러다가 머리끝까지 화가 치밀어 오른 모스턴이 자리에서 벌떡 일어났는데, 갑자기 옆구리를 움켜잡더니 얼굴이 잿빛으로 변하면서 뒤로 쓰러져버리더구나. 그 바람에 보물 상자 모퉁이에 머리를 부딪히고 말았지. 몸을 숙여 모스턴을 살펴보니 끔찍하게도 이미 죽은 상태였다.

나는 반쯤 정신이 나가 한참 동안 그 자리에 앉아서 어떻게 해야 할지 고민했단다. 당연히 처음에는 도움을 청하려고 했지. 하지만 그렇게 했다가는 여러 가지 면에서 내가 모스턴의 살인범으로 몰릴 수도 있는 상황이었어. 나와 싸우던 중에 목숨을 잃은 것도 모자라 머리에 상처까지 있으니 모든 게 불리했지. 게다가 경찰 조사를 받게 되면 어떻게든 비밀로 하고 싶은 보물이야기가 드러날 수도 있었어. 모스턴은 아무에게도 말하지 않고 여기 왔다고 했지. 그런 상황에 내가 다른 사람에게 알릴 이유는 없었다.

계속 어떻게 해야 할지를 생각하다가 고개를 들어보니 문가에 랄 차우더가 서 있었어. 차우더는 조용히 방안으로 들어오더니 문을 잠그면서 말했단다.

"걱정하지 마십시오, 사이브. 이 사람을 죽인 건 아무도 모를 겁니다. 시신을 숨겨버리면 누가 알겠습니까?"

"내가 죽인 게 아니네."

내가 대답하자 랄 차우더가 고개를 저으며 미소를 짓더구나.

"전부 들었습니다, 사이브. 두 분이 싸우시는 소리와 뭔가 부딪히는 큰 소리도 들었어요. 하지만 제 입은 무겁습니다. 집안의 다른 사람들은 모두 잠들었어요. 시신을 치워야 합니다."

그 말에 나는 결심이 섰지. 하인도 내 결백을 믿지 않는 마당에 배심원석에 앉아 있는 어리석은 상인 열두 명이 나를 믿을 리가 없을 테니까. 차우더와 나는 그날 밤 시신을 처리했단다. 며칠이 지나자 런던 신문에는 온통 모스턴 대위의 실종 사건에 대한 기사가 실렸지. 너희도 그 사망 사건에 대해서만큼은 나를 탓하기 힘들 거라고 생각한다. 잘못이 있다면 모스턴의 시신을 숨기고 나 혼자 보물을 차지했다는 것이지. 그래서 너희가 모스

턴의 딸에게 보상해주길 바라는 거야. 이쪽으로 가까이 와라. 보물을 숨겨놓은 장소는…….'

바로 그 순간 아버지의 얼굴 표정이 끔찍하게 변했습니다. 눈을 사납게 치켜뜨고 입을 떡 벌린 채로 결코 잊을 수 없는 목소리로 외치셨죠.

'저자를 막아라! 저자가 들어오지 못하게 해!'

아버지의 시선을 좇아 창문이 있는 쪽을 돌아보았습니다. 어둠 속에서 누군가의 얼굴이 보이더군요. 코가 유리에 눌려 하얗게 보였죠. 수염이 덥수룩한 털투성이 얼굴의 남자는 잔인해 보이는 눈빛으로 증오가 가득한 표정을 짓고 있었습니다. 형과 제가 창문으로 달려갔을 때는 벌써 사라지고 없었죠. 돌아오니 아버지는 고개를 떨어뜨린 채 숨을 거두신 뒤였습니다.

그날 밤 우리는 정원을 샅샅이 뒤졌지만 침입자의 흔적은 창문 바로 밑의 화단에 남은 발자국 하나밖에 없었어요. 하지만 그 흔적만 봐도 남자의 사납고 무시무시한 얼굴이 떠올랐죠. 그리고 우리 주변에서 비밀스러운 일들이 벌어지고 있다는 또 다른 증거를 발견할 수 있었습니다. 아침에 보니 아버지의 침실 창문이 열려 있고 누가 벽장과 상자들을 완전히 뒤엎어놓았더군요. 아버지의 가슴 위에는 "네 사람의 서명"이라고 휘갈겨 쓴 종이가 놓여 있었습니다. 글귀의 의미와 침입자가 누구인지 전혀 알 수가 없었죠. 그렇게 방안을 엉망으로 뒤집어놓았음에도 아버지의 물건들 중 없어진 건 없었습니다. 형과 전 그 일이 아버지가 평생 동안 두려워하셨던 무언가와 연관이 있을 거라고 생각하지만 실체는 모릅니다."

작은 남자는 말을 마치자 다시 물담배에 불을 붙였다. 그리고 잠시 생각에 잠긴 채 뻐끔뻐끔 담배를 피웠다. 우리는 자리에 앉아 놀라운 이야기에 집중하고 있었다. 모스턴 양은 아버지의 죽음에 관한 이야기를 들은 후부터 얼굴이 파랗게 질려 있었기에 갑자기 그녀가 기절이라도 할까 봐 걱정이 들었다. 나는 탁자 위의 베네치아 유리 물병에서 조용히 물을 따라주었다. 다행히 그녀는 물을 마시고 진정했다. 셜록 홈스는 의자에 기대앉아 가늘게 뜬 눈을 빛내며 뭔가 생각에 잠긴 표정을 짓고 있었다. 나는 그를 힐끔 보곤 바로 그날 홈스가 진부한 세상에 대해 늘어놓던 불평을 떠올렸다. 이 정도 문제라면 그의 명민함을 마음껏 발휘할 수 있을 것이다. 새디어스 숄토는 자신의 이야기가 깊은 인상을 남긴 것을 자랑스러워하는 듯한 얼굴로 우리를 쳐다보았다. 그런 다음 크기가 너무 커서 볼품없어 보이는 담배통에서 연이어 연기를 들이마셨다.

"짐작하셨겠지만 형과 저는 아버지가 말씀하신 보물 이야기에 많이 흥분했습니다. 몇 주, 아니 몇 달간 정원 구석구석을 파헤치며 뒤졌지만 보물을 찾을 수 없었죠. 아버지가 보물을 숨겨놓은 장소를 말씀하시기 직전에 돌아가셨다는 것만 생각하면 미치겠더군요. 아버지가 꺼내둔 금관만 봐도 숨겨놓은 보물이 얼마나 대단할지 짐작할 수 있었죠. 금관을 놓고도 바살러뮤 형과 전 의견이 분분했습니다. 금관에 달린 진주들은 누가 봐도 엄청난 가치를 지닌 것이었죠. 형은 진주들을 다른 사람과 나누고 싶어 하지 않았어요. 우리끼리니까 하는 말이지만 형은 아버지의 단점을 물려받았답니다. 형은 금관을 모스턴 양에게 보내면 소문이 날 것이고, 결국에는 골치 아픈 문제가 생길 거라고 생각했어요. 하지만 전 모스턴 양의 주소를 수소문해서 생활이 힘들지 않도록 적당한 간격을 두고 진주를 한 개씩 보내주자고 형을 설득했죠."

"정말 친절하고 좋은 분이세요."

모스턴 양이 진심으로 말했다. 작은 남자는 손사래를 쳤다.

"우린 모스턴 양의 재산을 보관하고 있었던 겁니다. 적어도 제 생각은 그랬어요. 바살러뮤 형의 생각은 달랐지만 말입니다. 우린 이미 충분한 재산이 있어요. 더이상은 바라지 않습니다. 더군다나 숙녀분을 옹졸한 태도로 속이는 건 정말 꼴불견이라고 생각해요. '부도덕한 성향은 범죄로 이어진다.' 프랑스에 전해지는 말인데 이런 상황에 딱 어울리죠. 견해 차이가 워낙 커서 전 형과 따로 지내는 편이 낫다고 생각했습니다. 그래서 늙은 키트머트가와 윌리엄스를 데리고 퐁디셰리 로지를 나왔습니다. 그런데 바로 어제 엄청난 일이 일어났죠. 보물이 발견된 겁니다. 그래서 곧장 모스턴 양에게 연락을 했죠. 이제는 함께 노우드로 가서 보물을 나누는 일만 남았습니다. 바살러뮤 형에게는 어젯밤에 이미 제 생각을 말했어요. 반기지는 않겠지만 우리가 찾아올 거라는 사실은 알고 있습니다."

새디어스 숄토는 말을 멈추더니 호화로운 의자에 앉은 채로 잠시 경련을 일으켰다. 우리는 이 미지의 초대가 완전히 새로운 국면에 접어들자 아무 말도 할 수 없었다. 홈스가 먼저 자리에서 일어났다.

"처음부터 끝까지 잘 처신하셨습니다. 작은 보답으로 숄토 씨가 아직 모르는 몇 가지 사실들을 알려드릴 수도 있습니다만 지금은 모스턴 양 말대로 시간이 많이 늦었으니 더이상 지체하지 않고 출발하는 게 좋을 것 같군요."

우리의 새 친구는 물담뱃대의 튜브를 아주 천천히 감은 뒤 커튼 뒤에서 꼬임 장식이 화려하고 칼라와 소매에 아스트라한 양털이 달린 긴 코트를 꺼냈다. 시간이 촉박하다고 했음에도 긴 외투의 단추를 목 끝까지 일일이 채우고는 마지막으로 귀덮개가 달린 토끼털 모자를 썼다. 이제 그는 계속 경련을 일으키는 병든 얼굴을 빼고는 온몸을 감싸고 있었다.

"제가 몸이 좀 안 좋아서요. 노상 신경쓸 수밖에 없답니다."

그가 앞장서서 복도로 나가며 말했다.

우리가 타고 왔던 마차가 문 앞에 대기하고 있었다. 출발하자마자 마부가 엄청난 속도를 내는 것으로 보아 처음부터 끝까지 모든 일이 사전에 준비되어 있었음이 틀림없었다. 새디어스 숄토는 요란하게 덜컹거리는 바퀴 소리보다 큰 목소리로 끊임없이 말했다.

"바살러뮤 형은 아주 똑똑하죠. 보물을 어디서 찾아낸 줄 아십니까? 형은 보물이 집안 어딘가에 있을 거라는 결론을 내리고는 집안을 구석구석 뒤지기 시작했어요. 뿐만 아니라 집안에 일 센티미터라도 빈 공간은 없는지 알아내기 위해 여기저기 구멍까지 뚫어가며 전체를 측량했습니다. 그러던 중 저택의 높이는 이십이 미터인데, 각 방의 높이에 방 사이의 바닥 두께를 더해도 이십일 미터밖에 되지 않는다는 사실을 알아냈죠. 일 미터가 모자랐던 겁니다. 그 공간이 있을 곳은 지붕밖에 없었죠. 형은 맨 위층에 있는 방 천장에 구멍을 냈어요. 욋가지와 회반죽으로 된 천장을 뚫었죠. 그랬더니 바로 그 위에 아무도 모르게 숨겨진 작은 다락방이 나타났습니다. 그리고 한복판에 있는 두 개의 서까래 위에 보물 상자가 놓여 있었죠. 구멍으로 상자를 끌어내려 열어보니 오십만 파운드는 족히 넘을 정도의 보석들이 들어 있었습니다."

너무나 엄청난 금액에 우리는 눈을 휘둥그레 뜨고 서로를 쳐다보았다. 모스턴 양이 자신의 권리를 찾게 된다면 그녀는 가난한 가정교사에서 영국 제일의 부유한 아가씨로 신분이 바뀐다. 충실한 친구의 입장에서였다면 기뻐해야 마땅할 소식이었지만 부끄럽게도 나는 그러지 못했다. 이기심이 영혼과 심장을 납처럼 무겁게 짓눌렀다. 나는 축하의 말을 몇 마디 더듬거리며 내뱉고는 자리에 앉아 고개를 푹 숙였다. 새디어스 숄토가 떠드는 소리는 더이상 귀에 들어오지 않았다. 그는 건강염려증이 있는 것이 확실했다. 멍한 상태로 듣는 둥 마는 둥 하는 와중에도 그는 자신의 증상들을 끝없이 나열하며 가죽 주머니에 넣어 다닌다는 온갖 엉터리 약의 성분과 작용에 대해 알려달라고 했다. 새디어스 숄토가 그날 밤 내가 한 말들을 잊어버렸기를 바란다. 홈스가 들은 바로는 그때 내가 피마자유를 두 방울 이상 쓰는 건 위험하고, 스트리크닌을 진정제 삼아 많이 복용하는 것이 좋다고 권했다고 하니까 말이다. 홱 멈춰 선 마차의 문을 마부가 열어줄 때쯤에는 마음도 가라앉아 있었다.

"모스턴 양, 여기가 퐁디셰리 로지랍니다."

새디어스 숄토가 그녀에게 손을 내밀며 말했다.

퐁디셰리 로지의 비극

5.

우리가 그날 밤 모험의 마지막 무대가 될 저택에 도착했을 때는 밤 11시가 다 된 시각이었다. 밤이 되니 대도시의 짙은 안개가 걷히고 맑게 개었다. 서쪽에서 따뜻한 바람이 불어와 하늘의 짙은 구름이 천천히 물러나기 시작하면서 간간이 반달이 고개를 내밀기도 했다. 어느 정도는 앞이 보이는 상황이었지만 새디어스 숄토는 마차 옆에 달려 있던 등을 하나 내려 우리가 가는 길에 좀더 밝은 빛을 비추어주었다.

퐁디셰리 로지는 유리 조각을 박아 넣은 높은 돌담에 둘러싸인 넓은 부지 안에 우뚝 서 있었다. 부지로 들어가는 유일한 문은 외짝에 폭이 좁았으며 쇠 빗장이 걸려 있었다. 앞장섰던 새디어스 숄토는 우편배달부가 문을 두드리는 것처럼 특이하게 대문을 쾅쾅 두드렸다.

"누구요?"

문 안쪽에서 누가 거친 목소리로 물었다.

"맥머도, 나야. 이쯤 됐으면 문을 이렇게 두드리는 건 나라는 걸 알 때도 됐잖아."

뭐라고 투덜거리는 소리와 함께 열쇠가 짤랑거리는 소리가 들렸다. 묵직한 문이 느리게 열리더니 키가 작고 어깨가 넓은 남자가 나왔다. 등의 노란 불빛이 그자의 우락부락한 얼굴과 불신으로 번들거리는 눈동자를 비추었다.

"새디어스 씨였소? 그런데 이 사람들은 누구요? 주인님한테서 다른 사람들이 올 거라는 말은 듣지 못했는데."

"듣지 못했다고? 그럴 리가 있나! 어젯밤 형한테 친구들을 데려온다고 분명히 말했어."

"주인님은 온종일 방에서 나오지 않았소. 다른 지시를 받은 바 없으니, 내가 규정을 지켜야 한다는 건 알 거요. 새디어스 씨는 들어와도 좋지만 친구들은 밖에서 기다려야 합니다."

전혀 예상치 못한 난관이었다. 새디어스 숄토는 당황한 듯 어쩔 줄을 몰라 하며 주위를 둘러보았다.

"정말 너무하는군, 맥머도! 내가 이분들을 보증하면 되잖아. 더군다나 젊은 숙녀분도 계신데. 이런 시각에 밖에서 기다리라고 할 순 없어."

"미안하게 됐소. 그 사람들은 새디어스 씨의 친구지, 주인님의 친구는 아니잖소? 주인님은 임무를 다하라고 나한테 보수를 주는 거요. 그러니 난 내 할 도리를 할 거요. 새디어스 씨 친구들은 모르는 사람들이니까."

경호원이 가차없이 말했다.

"흠. 나는 알 텐데, 맥머도."

홈스가 목소리를 높여 다정하게 말했다.

"자네가 날 잊지는 못했을 걸세. 사 년 전, 앨리슨의 집에서 열렸던 자선 권투 시합에서 자네와 삼 라운드를 상대했던 아마추어 선수를 잊은 건가?"

"셜록 홈스 씨 아닙니까!"

프로 권투 선수가 소리쳤다.

"어떻게 이런 일이! 제가 어떻게 홈스 씨를 알아보지 못하겠습니까? 거기 가만히 서 계시지 말고 앞으로 나와 제 턱에 한 방 날리셨다면 당장 홈스 씨를 알아봤을 겁니다. 세상에, 홈스 씨는 정말 재능을 낭비하고 있습니다! 그 정도 실력이면 틀림없이 성공했을 텐데 말입니다."

프로 권투 선수가 소리쳤다.

"왓슨, 들었나? 내가 다른 직종에서 전부 실패를 맛보더라도,

전문 기술이 필요한 직업 하나는 내 몫으로 남아 있다는 걸 말일세."

홈스가 웃으며 말하고는 덧붙였다.

"이제 이 친구가 이렇게 추운 바깥에 우리를 세워두진 않을 걸세."

"어서 들어오십시오, 홈스 씨. 친구분들도 어서 들어오십시오. 미안하게 됐소, 새디어스 씨. 하지만 주인님 지시가 워낙 엄해서요. 새디어스 씨 친구라고 해도 신원 확인을 확실하게 할 수 밖에 없었습니다."

맥머도가 말했다.

대문으로 들어서자 황량한 정원에 난 자갈길이 아무 특색 없는 거대한 사각 저택까지 이어져 있었다. 저택 한쪽 구석을 비추는 달빛과 구석 방 창문에서 새어 나오는 불빛을 제외하면 온 집안이 어둠에 뒤덮여 있었다. 어마어마하게 큰 저택에 어린 침울함과 죽음 같은 적막에 심장이 오그라들었다. 심지어 새디어스 숄토조차 불안해 보였다. 손에 들고 있던 등불이 달그락거리며 흔들렸다.

"이상하군요. 아무래도 뭔가 잘못되었습니다. 우리가 올 거라고 미리 말했는데도 방에 불이 꺼져 있어요. 어떻게 된 일인지 모르겠습니다."

새디어스가 말했다.

"평소에도 항상 지금처럼 경비가 서 있습니까?"

홈스가 물었다.

"네. 아버지가 하셨던 대로 형도 하고 있죠. 아버지는 형을 편애하셨습니다. 가끔씩 아버지가 저보다 형에게 뭔가를 더 알려주셨을지도 모른다는 생각이 들 정도로 말이에요. 저기 달빛이 비치는 창문이 바살러뮤 형의 방입니다. 달빛 때문에 밝아 보이긴 하지만 방안에서 불빛이 새어 나오지 않는 것 같은데요."

"그렇군요. 하지만 현관 옆의 작은 창문에서는 불빛이 새어 나오고 있는데요."

홈스가 말했다.

"아, 거기는 가정부 방입니다. 번스턴 부인이 지내는 방이죠. 어떻게 된 일인지 부인이 설명해줄 겁니다. 괜찮으시다면 여기서 잠시 기다려주시겠습니까? 혹시 형이 번스턴 부인한테도 우리가 온다는 말을 하지 않았다면 부인이 놀랄 수도 있으니까요. 가만! 저게 무슨 소리죠?"

그가 등을 들어올렸다. 불빛이 깜박거리며 너울거릴 정도로 손을 떨고 있었다. 모스턴 양이 내 팔을 붙잡았다. 우리는 두근거리는 심장을 안고 가만히 귀를 기울였다. 밤의 정적을 뚫고 컴컴한 대저택에서 비통하게 흐느끼는 소리가 들렸다. 겁에 질린 여자가 소리 내어 울고 있었다.

"번스턴 부인이에요. 저 집에 여자는 부인밖에 없습니다. 여기서 기다리세요. 금세 돌아오겠습니다."

새디어스 숄토가 말했다.

그는 현관으로 뛰어가 특유의 방식으로 문을 두드렸다. 그러자 키가 크고 나이든 여자가 문을 열고 나왔다. 여자는 새디어스를 보자 수선을 떨며 기뻐했다.

"새디어스 님이 와주셔서 얼마나 다행인지! 새디어스 님을 봬서 한시름 놓았어요!"

번스턴 부인은 거듭 탄성을 질렀다. 두 사람이 문을 닫고 집 안으로 들어가자 그 소리도 잦아들었다.

홈스는 새디어스 숄토가 놔두고 간 등불을 들고 천천히 여기저기를 비추며 날카롭게 주위를 살피기 시작했다. 정원 곳곳에 흙무더기가 산더미처럼 쌓여 있었다. 모스턴 양과 나는 나란히 서 있었다. 그녀는 여전히 내 손을 잡고 있었다. 사랑이란 참으로 경이롭고도 신비로운 감정이다. 우리 두 사람은 그날 처음 만나 어떤 애정 표현이나 말 한마디 나누지 않았지만, 힘겨운 한 시간을 보내면서 본능이 이끄는 대로 서로의 손을 찾고 있었다. 이제 와 생각하면 놀라운 일이지만 당시에는 내가 그녀에게 그토록 끌리는 것이 너무나 당연한 일 같았다. 나중에 그녀도 종종 말했다. 그때 나와 같이 있는 것이 본능적으로 편안하고 의지가 됐다고. 그렇게 우리는 어린아이들처럼 손을 맞잡고 주변을 에워싼 온갖 알 수 없는 것들로부터 마음을 가라앉힐 수 있었다.

"정말 이상한 곳이에요!"

그녀가 주위를 둘러보며 말했다.

"영국에 있는 두더지들을 몽땅 풀어놓은 것처럼 보여요. 탄광업자들이 금을 찾겠다고 온통 파헤쳐놓은 밸러렛■ 부근의 야산 같네요."

"이유는 같죠. 보물을 찾느라 파헤친 흔적일 겁니다. 숄토 형제가 지난 육 년간 보물을 찾고 있었다는 것을 떠올려보세요. 여기가 자갈 채취장처럼 보인다고 해도 이상할 것 없습니다."

홈스가 말했다.

그 순간 현관문이 덜컥 열리더니 새디어스 숄토가 뛰쳐나왔다. 겁에 질려 양손을 앞으로 내민 그가 외쳤다.

"바살러뮤 형에게 일이 생긴 것 같아요! 무서워 죽겠어요! 불안해서 견딜 수가 없습니다."

■ 오스트레일리아의 금 채굴의 중심지.

거대한 아스트라한 양털 칼라 밖으로 나와 있는 새디어스의 얼굴이 공포심에 흐느끼다시피 하며 경련을 일으켰다. 그의 얼굴은 겁에 잔뜩 질린 어린아이처럼 무력해 보였다.

"집안으로 들어가봐야겠습니다."

홈스가 단호하게 말했다.

"그렇게 해주세요! 전 어떻게 해야 할지 도무지 모르겠습니다."

새디어스 숄토가 애원했다.

우리는 그를 따라 복도 왼편에 있는 가정부의 방으로 들어갔다. 늙은 여자가 불안하고 겁에 질린 표정으로 양손을 가만두지 못하고 연신 잡아 비틀면서 방안을 서성거리고 있었다. 하지만 모스턴 양을 보자 약간 진정했다.

"아가씨의 어여쁘고 차분한 얼굴에 신의 축복이 있기를! 아가씨를 보니 마음이 놓이네요. 오, 오늘 하루는 정말 힘들었어요!"

번스턴 부인이 신경질적으로 흐느끼며 말했다.

모스턴 양은 나이든 여자의 마르고 거친 손을 잡고 토닥이며 친절한 위로의 말을 몇 마디 건넸다. 좀 진정이 되자 가정부의 하얗게 질렸던 얼굴에 혈색이 돌아왔다.

"주인님은 온종일 안에서 방문을 잠그고 틀어박혀서 대답도 하지 않으셨어요. 전 계속 주인님이 말씀하시기만 기다렸죠. 가끔 이렇게 혼자 계실 때도 있었으니까요. 그러다 한 시간 전쯤

주인님에게 무슨 일이 생겼을지도 모른다는 생각이 들었어요. 그래서 주인님 방문 앞으로 가서 열쇠 구멍으로 안을 들여다보았죠. 새디어스 님, 올라가보세요. 직접 확인해보셔야 합니다. 지난 십 년간 바살러뮤 숄토 님을 모시면서 즐거워하는 모습이나 슬퍼하는 모습을 전부 봤지만 저런 얼굴은 처음 봤어요."

번스턴 부인이 설명했다.

셜록 홈스가 등불을 들고 앞장섰다. 새디어스 숄토는 이가 부딪힐 정도로 온몸을 바들바들 떨고 있었기 때문이다. 몸을 너무 떠는 바람에 계단을 올라갈 때 쓰러지지 않도록 내가 그의 팔을 붙잡고 부축해야만 했다. 우리가 계단을 올라가는 동안 홈스는 두 번 정도 주머니에서 돋보기를 꺼내 들고 계단에 깔려 있는 코코넛 깔개 위에 먼지처럼 보이는 얼룩들을 유심히 살폈다. 등불을 낮게 비추고 천천히 계단을 한 칸씩 올라가며 날카로운 시선으로 좌우를 둘러보았다. 모스턴 양은 겁에 질린 가정부와 함께 남아 있기로 했다.

4층에 도달하자 앞으로 쭉 뻗은 제법 긴 복도가 나타났다. 복도 오른쪽에는 그림이 직조된 인도산 태피스트리가 걸려 있었고, 왼쪽에는 세 개의 문이 있었다. 홈스는 계단을 올라갈 때와 마찬가지로 꼼꼼하게 조사를 했다. 우리는 그의 뒤를 따라갔다. 우리 뒤로 복도에 검은 그림자가 길게 드리워졌다. 세 번째 문이 우리가 찾던 바살러뮤 숄토가 있는 방이었다. 문을 두드려도 아무 대답이 없자 홈스가 손잡이를 힘껏 돌려 문을 열려 했다. 하지만 문은 안쪽에서 큼직하고 튼튼한 빗장이 걸려 잠겨 있었다. 문 틈에 등불을 들고 비추자 빗장이 보였다. 그러나 방 안쪽에 꽂힌 열쇠가 살짝 돌아가 있어서 조금 뚫린 열쇠 구멍으로 방안을 볼 수 있었다. 셜록 홈스는 몸을 숙여 들여다보다가 숨을 짧게 들이마시며 바로 몸을 일으켰다.

"끔찍한 광경이야, 왓슨. 자네도 한번 보게."

이제껏 홈스가 이렇게 동요하는 모습을 본 적이 없었다.

나는 구멍을 들여다보다가 끔찍한 광경에 뒷걸음질치고 말았다. 달빛이 방안을 어른거리며 어슴푸레 비추고 있었다. 그림자에 몸이 가려진 나머지, 새디어스와 똑같이 생긴 얼굴이 허공에 둥둥 떠서 나를 똑바로 노려보는 것처럼 보였다. 핏기 하나 없는 안색에, 가운데 우뚝 솟아 있는 반들거리는 정수리와 가장자리에 남아 있는 빨간 머리까지 똑같았다. 다른 것이 있다면 얼굴에 남은 무시무시하고 부자연스러운 미소였다. 달빛이 비추는 적막한 방안에서 그렇게 미소 짓고 있는 얼굴은 어떤 험악하고 뒤틀린 얼굴보다 소름 끼쳤다. 새디어스와 너무 똑같은 생김새라 나는 옆에 그가 제대로 있는지 확인하기 위해 돌아보았다. 그러고 나서야 새디어스가 형과 쌍둥이라고 했던 말이 떠올랐다.

“정말 끔찍하군! 이제 어떻게 해야 하지?”

내가 홈스에게 물었다.

“문을 부숴야지.”

홈스가 대답했다. 그러고는 체중을 실어 힘껏 문에 몸을 부딪혔다. 문에서 삐걱거리는 소리가 들리긴 했지만 열리진 않았다. 이번에는 다 같이 문을 향해 힘껏 몸을 내던지자 빗장이 부서지는 소리와 함께 문이 열렸다. 우리는 바살러뮤 숄토의 방으로 들어갔다.

방은 화학 실험실처럼 보였다. 맞은편 벽에 붙여놓은 탁자에는 유리 마개 달린 병들이 두 줄로 놓여 있었고 분젠버너와 시험관, 증류기 들도 어지럽게 자리잡고 있었다. 구석의 고리버들 바구니에는 산성 물질이 든 대형 유리병들을 담아놓았다. 유리병들 중 한 개가 깨져 어두운색 액체가 조금 새어 나왔는데 그 때문인지 방안에서 타르처럼 자극적인 냄새가 코를 찔렀다. 방 한쪽의 사다리 주변에 욋가지들과 회반죽 덩어리가 너저분하게 쌓여 있었다. 천장에 뚫린 구멍은 사람 한 명이 드나들 수 있을 만큼 컸다. 구멍에 걸쳐진 사다리 발치에 아무렇게나 내던져진 기다란 밧줄 더미가 눈에 띄었다.

저택의 주인은 탁자 옆의 목제 안락의자에 고개를 왼쪽으로 꺾은 채 앉아 있었다. 얼굴에는 무시무시하고 불가사의한 미소를 띠고 있었다. 경직되고 차가운 몸을 보아 몇 시간 전에 죽은 것이 분명했다. 얼굴뿐 아니라 팔다리도 이상한 방향으로 뒤틀렸다. 탁자 위에 올린 손 앞에 이상한 물건이 보였다. 매끈한 갈색 막대기에 거친 삼끈으로 돌덩어리를 묶어놓은 모양이 망치 같았다. 옆에는 급히 찢어 뭔가를 휘갈겨 쓴 종이가 놓여 있었다. 홈스는 종이를 훑어보고는 내게 건네주었다.

"이걸 보게나."

그가 의미심장하게 눈썹을 치켜 올리며 말했다.

종이에 적힌 글귀를 불빛 아래서 읽자, 온몸에 소름이 끼쳤다. 종이에 "네 사람의 서명"이라고 적혀 있었다.

"대체 이게 무슨 뜻일까?"

내가 물었다.

"살인을 뜻하는 거지."

홈스가 죽은 남자 위로 몸을 숙이더니 말했다.

"역시! 예상했던 대로군. 이걸 보게!"

그러면서 바살러뮤 숄토의 귀 바로 위에 박혀 있는 길쭉한 검은색 침을 가리켰다.

"침처럼 보이는데."

"침이 맞네. 자네가 뽑아주게. 독이 묻었으니 조심해야 해."

나는 손가락 끝으로 침을 잡아 뽑았다. 침은 쉽게 빠졌고 피부에 흔적도 거의 남기지 않았다. 침이 빠진 살갗에 작은 핏방울이 살짝 맺혔다.

"내겐 이 모든 게 풀리지 않는 수수께끼 같군. 명확해지기는커녕 점점 더 알 수 없어지고 있으니."

내가 말했다.

"아니, 오히려 매순간 모든 것들이 명확해지고 있다네. 사건의 전말을 알아내기 위해서는 이제 몇 가지 연결 고리만 찾아내면 돼."

홈스가 응했다.

우리는 방에 들어온 뒤로 새디어스의 존재를 까맣게 잊고 있었다. 그는 그때까지 꼼짝도 하지 못한 채 문 앞에 서서 겁에 잔뜩 질린 표정으로 양손을 부여잡은 채 신음 소리만 내고 있었다. 그러다 갑자기 화를 내며 날카롭게 소리쳤다.

"보물이 사라졌어! 누가 보물을 훔쳐갔어요! 저 구멍에서 보물을 꺼냈는데! 형을 도와서! 형을 마지막으로 본 사람이 접니다! 어젯밤 여기서 나갈 때 형이 방문에 걸쇠를 거는 소리를 들었죠."

"그때가 몇 시쯤이었습니까?"

"밤 10시였어요. 형이 죽었으니 경찰을 불러야겠죠. 절 범인으로 의심할 겁니다. 틀림없어요, 분명히 그럴 겁니다. 하지만 두 분까지 그렇게 생각하는 건 아니시죠? 설마 저를 범인이라고 생각하십니까? 제가 범인이라면 여러분을 여기로 모시고 왔겠어요? 이런! 이런! 아무래도 제가 미친 모양입니다!"

새디어스 숄토는 발작이라도 일으킨 것처럼 갑자기 팔을 휘두르고 발을 굴렀다.

"걱정할 필요 없습니다. 숄토 씨."

홈스가 새디어스 숄토의 어깨에 손을 올리며 친절하게 말했다.

"내 말대로 하십시오. 먼저 경찰서로 가서 신고를 하는 겁니다. 그리고 무엇이든 협조하십시오. 우린 당신이 돌아올 때까지 여기서 기다리겠습니다."

작은 남자는 거의 넋이 나간 상태에서 그 말을 따랐다. 그가 어둠 속에서 비틀거리며 계단을 내려가는 소리가 들렸다.

셜록 홈스의 현장 조사

6.

"자, 왔스. 우리에게는 삼십 분의 시간이 있네. 이 시간을 잘 활용해야지. 아까도 말했지만 사건은 거의 해결됐어. 하지만 과신은 금물일세. 지금이야 단순한 사건처럼 보이지만 다른 복잡한 내막이 있을 수도 있어."

홈스가 양손을 비비며 말했다.

"단순하다니!"

"그렇다네."

홈스는 수업 시간에 학생들을 가르치는 임상 교수 같은 분위기로 말했다.

"일단 저기 구석에 앉아 있게나. 그래야 사건 현장에 자네 발자국이 남지 않을 테니 말일세. 그럼 일을 시작해볼까! 먼저 범인들은 어떻게 들어와서 어디로 나갔을까? 방문은 어젯밤부터 계속 잠겨 있었다고 했네. 창문으로 드나든 걸까?"

그는 등불을 들고 창문을 조사하기 시작했다. 알아낸 사실들을 소리 내어 말하고 있었지만 내게 하는 말이라기보다는 혼잣말에 가까웠다.

"창문도 안쪽에서 잠겨 있어. 창틀은 견고하고. 경첩도 없네. 일단 열어봐야겠군. 근처에 배수관도 없고 지붕과의 거리도 제법 멀어. 하지만 범인은 창문을 통해 들어온 게 분명해. 어젯밤 비가 내린 덕에 창틀에 발자국이 남았네. 그리고 여기 둥근 진흙 자국이 있지. 이쪽 바닥에도 있고 탁자 옆에도 보이는군. 여길 좀 보게, 왓슨! 확실한 증거가 남아 있어."

나는 뚜렷하게 찍혀 있는 둥근 진흙 자국을 보았다.

"발자국은 아닌 것 같은데."

"발자국보다 더 좋은 단서야. 의족 자국이라네. 창틀에 남은 발자국을 보게나. 금속 굽이 박힌 큼직한 신발 자국 옆에도 의족 자국이 남아 있지."

"범인이 의족을 달고 있단 말이군."

"그렇지. 하지만 다른 사람도 있었네. 유능하고 실력 좋은 공범이지. 자네는 이 벽을 타고 올라올 수 있겠나?"

나는 창문 밖을 내다보았다. 여전히 저택의 이쪽 면에는 달빛이 환하게 비치고 있었다. 지상에서 여기까지의 높이가 이십 미터는 되어 보였다. 게다가 내가 선 자리에서는 벽돌 벽 사이사이에 갈라진 틈 같은 발 디딜 만한 곳이 전혀 보이지 않았다.

"불가능할 것 같은데."

"누가 도와주지 않으면 그렇겠지. 누군가 저기 구석에 보이는 튼튼한 밧줄 끝을 벽에 있는 커다란 고리에 묶고 밧줄을 아래로 내려주었다고 생각해보게. 의족을 했더라도 몸놀림이 민첩한 사람이라면 붙잡고 올라올 수 있을 거야. 방에서 나갈 때도 당연히 같은 방법으로 나갔을 테지. 그러면 공범이 밧줄을 다시 거둬들이고 고리에서 풀었을 걸세. 그런 다음 창문을 닫고 안에서 잠근 뒤 처음 들어왔던 통로로 빠져나갔겠지. 사소한 일이긴 하지만 주목할 점이 있다네."

홈스가 손가락으로 밧줄을 가리키며 말을 이었다.

"의족을 단 친구가 뱃사람만큼이나 밧줄을 다루는 솜씨가 좋아 벽도 잘 타지만 뱃사람은 아닌 모양이야. 손에 굳은살이 박히진 않은 것 같거든. 돋보기로 밧줄을 살펴보니 핏자국이 여러 군데 있는데, 특히 밧줄 끝부분으로 갈수록 점점 더 많아졌어. 서둘러서 내려가다가 손바닥이 벗겨진 거지."

"그 점은 알겠네. 하지만 사건은 점점 더 알 수가 없어지는군. 미지의 공범은 어떻게 된 건가? 그자는 방안에 어떻게 들어온 거지?"

"맞아, 그 공범 말일세!"

홈스가 생각에 잠긴 채 중얼거렸다.

"공범이라는 작자가 아주 흥미로워. 그자 덕분에 진부할 뻔한 사건이 재미있어졌지. 공범이 이 나라 범죄 역사에 새로운 장을 열었다고 생각하네. 인도와, 내 기억이 정확하다면 세네감비아에서도 비슷한 사건이 있었지만."

"공범은 어떻게 들어왔다는 건가? 문은 잠겨 있었네. 창문으로 접근하기도 힘들지. 굴뚝을 통해 들어온 건가?"

내가 질문을 되풀이했다.

"그 생각도 해봤지만 벽난로가 너무 작아."

홈스가 대답했다.

"그럼 어떻게 들어왔을까?"

"자네는 내 말을 잊어버렸나 보군."

홈스가 고개를 저으며 말했다.

"내가 여러 번 말하지 않았나? 불가능한 일들을 하나씩 제거한 뒤에 마지막에 남는 것이 '아무리 터무니없어 보이더라도' 진실이라네.

우리는 공범이 문, 창문, 굴뚝을 통해서 들어올 수 없다는 사실을 알게 됐어. 또한 그자가 지금 방안에 숨어 있지 않고 숨을 만한 곳이 없다는 것도 알고 있지. 그렇다면 어디로 들어왔겠는가?"

"천장에 난 구멍!"

내가 외쳤다.

"그렇지. 그쪽으로 들어온 것이 틀림없어. 나 대신 등을 들어 주게. 이제 다락방을 살펴보세나. 보물이 발견됐다는 비밀의 방 말이네."

홈스는 사다리를 올라가 양손으로 서까래를 붙잡더니 다락방으로 올라갔다. 상체를 내밀어 등불을 받아들고는 내가 올라갈 때까지 불빛을 비추어주었다.

다락방의 바닥은 가로 삼 미터, 세로 이 미터쯤 되었다. 바닥에는 서까래들이 드러나 있었고 그 사이는 욋가지와 회반죽으로 메워져 있었다. 그래서 서까래를 골라 밟아야 했다. 천장이 비스듬해서 다락방이 지붕의 바로 아래 공간이라는 것을 알 수 있었다. 가구는 하나도 없었고 바닥에는 오랜 세월 동안 쌓인 먼지가 수북했다.

"여기 있군. 이걸 좀 보게."

셜록 홈스가 다락방의 비스듬한 천장을 짚으며 말했다.

"지붕 바깥으로 나갈 수 있는 들창이야. 밀어젖히면 경사가 완만한 지붕으로 통하겠지. 이곳으로 첫 번째 인물이 들어온 걸세. 다른 흔적은 없는지 찾아볼까?"

그가 바닥에 등을 내려놓았다. 나는 그날 밤 두 번째로 홈스의 얼굴에서 깜짝 놀란 표정을 볼 수 있었다. 그의 시선을 좇던 나는 온몸이 싸늘히 식는 기분을 맛보았다. 바닥이 수도 없이 많은 발자국들로 빼곡했다. 선명하고 뚜렷한 맨발 자국이었다. 일반적인 성인의 발 크기와 비교해 절반 정도밖에 되지 않았다.

"홈스, 끔찍한 일을 저지른 범인이 어린아이인 모양이야."

내가 속삭이듯 말했다.

홈스는 금방 평소 모습으로 돌아왔다.

"잠깐이지만 나도 깜짝 놀랐네. 하지만 이건 당연한 일이야. 내가 제대로 생각해내기만 했어도 충분히 예측할 수 있는 일이었지. 여기서 더 살펴볼 건 없겠군. 그만 내려가지."

"자네는 저게 누구 발자국인지 알고 있단 말인가?"

다락방에서 내려온 나는 애타게 물었다.

"친애하는 왓슨, 자네가 한번 분석해보는 게 어떤가. 내가 추리하는 방식을 알고 있지 않나. 그 방식을 적용해보게. 그리고 나중에 결과를 비교해보면 유익할 거야."

홈스가 인내심을 잃은 투로 말했다.

"나는 모든 일들의 이면에 뭐가 있는 건지 모르겠네."

내가 대답했다.

"자네도 곧 알게 될 거야."

홈스가 성의 없이 말했다.

"여기엔 중요한 게 더이상 없을 것 같긴 하지만 조사는 해봐야겠지."

그는 돋보기와 줄자를 꺼내더니 무릎을 꿇고 앉아 길고 날카로운 코가 닿을 정도로 얼굴을 바닥에 들이댄 채, 새처럼 움푹 들어간 빛나는 눈을 번쩍이며 서둘러 길이를 재고 비교하며 조사했다. 그의 동작은 냄새를 쫓는 잘 훈련된 블러드하운드처럼 민첩하고 조용하며 은밀했다. 나는 그 모습을 보며, 홈스가 이런 활력과 영민함을 가지고 법을 수호하는 대신 범죄를 저질렀다면 얼마나 끔찍했을지를 생각하지 않을 수 없었다. 홈스는 혼잣말을 중얼거리며 계속 조사를 했다. 그러다 마침내 환호성을 질렀다.

"운이 좋았어. 이제 거의 해결됐네. 먼저 들어온 범인이 실수로 목재 방부제의 일종인 크레오소트를 밟았군. 지독한 냄새가 나는 액체 위에 찍힌 발자국을 보게. 유리병이 깨져 내용물이 새어 나왔던 모양이야."

"그게 어떻다는 건가?"

내가 물었다.

"그자를 잡은 거나 마찬가지란 말이지."

홈스가 대답했다.

"세상 끝까지라도 이 냄새를 쫓아갈 개를 알고 있네. 개들은 물속에 있는 청어 냄새도 쫓아갈 수 있다는데, 특별히 훈련받은 사냥개가 이런 지독한 냄새를 쫓아가지 못하겠나? 이건 아주 당연한 추론일세. 그 대답은…… 이런! 법의 대리인들이 나타나신 모양이군."

아래층에서 묵직한 발소리와 웅성거리는 소리가 들리더니 현관문이 닫히는 소리가 크게 들렸다.

홈스가 물었다.

"저들이 올라오기 전에 자네가 먼저 불쌍한 남자의 팔과 다리를 만져봐주게. 어떤 것 같나?"

"근육이 널빤지만큼이나 딱딱하군."

"그럴 거야. 극도로 수축된 상태니까. 일반적인 사후경직 상태보다 훨씬 심하지. 일그러진 얼굴만 봐도 그렇고. 옛날 작가들은 이런 걸 보고 '히포크라테스의 미소'나 '경련성 고소苦笑'라고 불렀지. 이렇게 된 원인이 뭐라고 생각하는가?"

"독성이 강한 식물성 알칼로이드가 사인인 듯하네. 심한 경련을 일으키는 스트리크닌 같은 물질 말이야."

"나도 일그러진 얼굴을 보자마자 그렇게 생각했네. 그래서 들어오자마자 독이 주입된 경로를 찾았지. 자네도 알다시피 아까 찾아낸 침을 꽂거나 쏠 때는 큰 힘을 들이지 않아도 돼. 만일 이 남자가 의자에 똑바로 앉아 있었다면 침은 천장 구멍에서 날아왔을 거야. 이제 침을 살펴보세."

홈스의 말을 들은 나는 침을 조심스럽게 꺼내 등의 불빛에 비추어보았다. 검은색으로 길고 날카로웠다. 뾰족한 끝은 끈적거리는 물질이 달라붙어 있는 것처럼 번들거렸다. 무딘 반대편 끝은 칼로 둥글게 다듬어져 있었다.

"영국에서 만든 걸로 보이나?"

홈스가 물었다.

"아니. 그건 확실히 아니야."

"이 정도 단서면 자네도 어느 정도 진상을 이끌어낼 수 있을 걸세. 이제 정규군들이 입장하셨군. 예비군은 물러나는 게 좋겠어."

그가 말한 대로 복도를 걷는 발소리가 점점 더 가까워지더니 회색 양복을 입은 뚱뚱하고 튼튼해 보이는 남자가 쿵쿵거리며 방으로 들어왔다. 다혈증으로 보이는 붉고 투실한 얼굴 속에서 부은 듯한 두툼한 살에 파묻혀 있는 반짝거리는 작은 눈이 날카로워 보였다. 그의 뒤로 제복을 입은 경위 한 명과 여전히 부들부들 떨고 있는 새디어스 숄토의 모습이 보였다.

남자가 쉰 목소리로 분명치 않게 말했다.

"야단났군! 아주 난리가 났어! 대체 이 사람들은 뭐요? 어째서 집안이 토끼 굴처럼 북적거리는 겁니까!"

"날 기억하고 있을 줄 알았는데요, 애설니 존스 형사님."

홈스가 조용히 말했다.

"물론이죠! 이론가인 셜록 홈스 선생 아니십니까. 똑똑히 기억하고 있습니다. 선생이 비숍게이트 보석 사건 때 우리를 모아놓고 범행 동기와 추리, 다가올 결과에 대해 일장 연설을 했던 것을 어떻게 잊겠습니까. 그때 선생이 수사 방향을 바로잡아준 건 사실이지만 사건이 해결된 건 가르침이 좋아서라기보다 운이 좋았기 때문이라는 것을 선생도 이제는 알고 있겠죠."

"그 사건은 아주 간단한 추리로 해결할 수 있는 것이었는데요."

"오, 이봐요. 이러지 마십시오! 솔직하게 인정하기를 부끄러워할 것 없습니다. 그런데 대체 무슨 일이랍니까? 지독하군요! 아주 지독한 광경입니다! 이론 같은 건 필요 없는 확실한 단서들이 가득하군요. 마침 다른 사건 때문에 노우드에 온 참이었는데 운이 좋았습니다! 신고가 들어왔을 때 여기 경찰서에 있었으니 말입니다. 그래, 저 남자는 어떻게 죽은 것 같습니까?"

"글쎄요, 이번에는 내가 이론을 떠들어서 해결될 사건이 아닌 것 같습니다만."

홈스가 냉담하게 대꾸했다.

"아닙니다, 아니에요. 우리도 선생이 가끔씩 정곡을 찌른다는 것을 부인할 수는 없으니까요. 이런, 참. 방문은 잠겨 있었고 오십만 파운드나 되는 보물이 사라졌다고 들었습니다. 창문은 어땠습니까?"

"잠겨 있었습니다. 하지만 창틀에 발자국이 있죠."

"그래요, 그래. 창문이 잠겨 있었다면 발자국은 이번 사건과 아무 연관이 없겠군요. 그 정도는 상식입니다. 남자가 급사했을 가능성도 있군요. 하지만 보물이 사라졌다고 했죠. 이런! 나한테 가설이 하나 있습니다. 가끔씩 이렇게 느닷없이 떠오르곤 하죠. 모두 밖에 나가 있게, 경위. 새디어스 숄토 씨도 나가 계십시오. 홈스 선생의 친구분은 여기 남아도 좋습니다. 홈스 선생, 어떻게 생각하십니까? 새디어스 숄토는 지난밤 형과 함께 있었다고 자기 입으로 말했습니다. 새디어스가 보물을 들고 나가는 바람에 형인 바살러뮤가 발작을 일으켜 죽은 겁니다. 어떻습니까?"

"그렇다면 죽은 남자가 일어나서 방문을 안에서 잠갔다는 말이군요."

"이런! 그런 허점이 있었군요. 그럼 이번 사건을 상식적인 선에서 접근해보죠. 새디어스 숄토가 형과 함께 있었고 두 사람이 말다툼을 벌인 것은 확실한 사실입니다. 모두가 아는 사실이죠. 형이 죽었고 보물은 사라졌습니다. 이 또한 모두가 잘 아는 사실입니다. 새디어스가 떠난 뒤 형을 본 사람이 아무도 없습니다. 형의 침대에는 잠을 잔 흔적이 없었고요. 새디어스는 지금 몹시 불안해하고 있습니다. 외모만 봐도 그다지 좋은 인상이 아니죠. 지금 새디어스 쪽으로 수사망을 좁혀나가고 있습니다. 지금으로선 그가 범인이라는 결론을 내리기 일보 직전이죠."

"당신은 단서를 충분히 모으지 못한 것 같군요. 이 침은 죽은 남자의 머리에서 뽑은 겁니다. 머리에 아직 자국이 남아 있죠. 침에 독이 묻어 있다고 믿을 만한 단서를 도처에서 발견했습니다. 탁자 위의 쪽지와 그 옆에 돌도끼같이 생긴 이상한 도구도 있고요. 당신이 말한 가설에 따르면 이런 단서들은 어떻게 설명할 수 있습니까?"

홈스가 말했다.

"간단하죠. 이 저택에는 진귀한 인도산 물건들이 가득합니다. 새디어스가 물건들을 옮겨 놓은 겁니다. 침에 독이 묻어 있다면 새디어스가 그걸로 살인을 저질렀다는 말이겠죠. 쪽지는 사건의 진상을 숨기기 위한 속임수고요. 단 하나 문제라면, 새디어스는 어떻게 이 방을 빠져나간 걸까요? 아하, 당연히 천장에 뚫린 구멍으로 나갔겠군요."

뚱뚱한 형사가 오만하게 말했다.

그는 몸집에 비해 민첩한 동작으로 사다리를 타고 구멍을 통해 다락으로 올라갔다. 지붕 들창을 찾아냈는지 환성을 지르는 소리가 들렸다.

"저자도 뭔가를 찾을 때가 있군."

홈스가 어깨를 으쓱하고는 덧붙였다.

"가끔은 저 사람의 이성도 빛을 봐야겠지. '약간의 지혜를 가진 바보만큼 골치 아픈 존재는 없'지만."

"이것 보십시오! 역시 이론보다는 단서가 중요하지 않습니까. 내가 보기에 이제 이 사건은 더 볼 것도 없습니다. 저 위에 지붕으로 통하는 문이 반쯤 열려 있더군요."

애설니 존스가 사다리를 타고 내려오며 말했다.

"내가 열어놓은 거요."

"아, 그런 겁니까! 선생도 알고 있었단 말이군요?"

형사는 살짝 풀이 죽었다.

"문을 먼저 발견한 사람이 누구든 이제 저 신사 양반이 어떻게 빠져나갔는지 확실해졌습니다. 경위!"

"네."

경위가 복도에서 대답했다.

"새디어스 숄토 씨에게 들어오라고 전해주게. ……숄토 씨,

지금부터 당신이 하는 말은 법정에서 불리하게 작용할 수도 있다는 것을 알려드립니다. 여왕 폐하의 이름으로 바살러뮤 숄토의 살해 용의자로 당신을 체포합니다."

"이것 봐요! 제가 말하지 않았습니까!"

불쌍한 작은 남자가 양손을 내민 채 우리를 번갈아 쳐다보며 외쳤다.

"아무것도 걱정할 필요 없습니다, 숄토 씨. 당신의 혐의는 내가 벗겨드릴 테니까요."

홈스가 말했다.

"장담하지 않는 게 좋을 겁니다, 이론가 선생. 그런 약속은 하는 게 아니에요! 선생의 생각보다 훨씬 힘들 겁니다."

형사가 쏘아붙였다.

"존스 형사님, 난 새디어스 숄토 씨의 혐의를 벗길 겁니다. 더불어 당신에게 선물로 지난밤 이 방에 있었던 두 사람 중 한 명의 이름과 인상착의를 알려주도록 하죠.

믿을 만한 단서들을 종합해보면 한 명의 이름은 조너선 스몰입니다. 교육을 거의 받지 못했고 키가 작으며 오른쪽 다리가 없어 안쪽이 많이 닳은 의족을 달고 있음에도 행동이 민첩합니다. 그자의 왼쪽 신발은 마감이 허술하고 앞코는 각이 져 있으며 굽에는 징이 박혀 있습니다. 피부가 햇볕에 많이 탄 중년 남자로 징역을 산 적이 있을 겁니다. 이 정도면 도움이 될 거예요. 더불어 저쪽에 남자의 손바닥이 밧줄에 쓸리면서 떨어진 피부 껍질들이 제법 남아 있습니다. 다른 공범은……."

"이런! 공범도 있습니까?"

애설니 존스가 비꼬아 말했지만 홈스의 정밀한 묘사에 놀란 것을 쉽게 알아챌 수 있었다.

"상당히 특이한 인물입니다. 조만간 두 사람을 소개해드릴 수 있기를 바랄 뿐이죠. 왓슨, 자네에게 할 말이 있네."

셜록 홈스가 돌아보며 말하고는 나를 층계 쪽으로 이끌었다.

"예상치 못한 일이 벌어지는 바람에 우리가 이곳으로 온 본래의 목적을 잊고 있었군."

"나도 같은 생각을 하던 중이었네. 모스턴 양을 이대로 이 비극의 장소에 머무르게 하면 안 될 것 같아."

"그렇지. 자네가 모스턴 양을 바래다주게. 여기서 그리 멀지 않은 로어캠버웰의 세실 포레스터 부인 댁에서 지내고 있으니까. 난 여기 있어야 할 것 같아. 모스턴 양을 바래다준 뒤에 이리로 다시 와주면 좋겠네만 그러면 너무 힘들겠나?"

"전혀. 이 복잡한 사건의 진상이 밝혀지기 전까지는 편하게 쉴 수 없을 것 같아. 지금껏 살아오면서 삶의 어두운 이면을 많이 봤지만 오늘밤처럼 이렇게 신경이 잔뜩 곤두설 정도로 이상하고 놀라운 일을 연이어 겪기는 처음이라네. 기왕 여기까지 왔으니 사건이 끝날 때까지 자네와 함께하고 싶어."

"자네가 있어준다면 큰 힘이 될 거야. 우리끼리 독립적으로 사건을 수사해야 할 테니. 말도 안 되는 결론을 내리고 환희에 찬 존스는 내버려두세나. 모스턴 양을 데려다준 다음 램버스 저지대 근처에 있는 핀친 레인 3번지로 가주게. 길에 들어서서 오른쪽에서 세 번째에 있는 박제 가게야. 주인 이름은 셔먼이고 창문으로 토끼 새끼를 물고 있는 족제비가 보일 걸세. 문을 두드려서 셔먼 노인이 나오면 내 안부와 함께 당장 토비가 필요하다고 전해주게. 토비를 내주면 마차에 태워 같이 여기로 돌아오면 돼."

홈스가 대답했다.

"토비는 개인 모양이군."

"맞아. 냄새를 아주 잘 맡는 특별한 잡종견이지. 런던 경찰을 총동원하는 것보다 토비의 도움을 받는 편이 훨씬 나을 거라네."

"토비를 데려오겠네. 지금 시각이 새벽 1시로군. 마차의 말을 쌩쌩한 말로 바꾸면 3시 전에 돌아올 수 있을 거야."

"나는 쓸 만한 정보가 없는지 번스턴 부인과 인도인 하인을 만나보겠네. 새디어스 숄토의 말대로 옆방에서 지낸다는 하인 말일세. 그런 다음에는 대단하신 존스 형사가 수사하는 모습을 지켜보고 섬세함이라고는 약에 쓰려도 없는 빈정거림도 들어줘야지. '인간은 자신이 이해하지 못하는 것을 경멸한다.' 괴테의 말은 언제나 명쾌하다니까."

통 사건

7.

나는 경찰이 타고 온 마차로 모스턴 양을 집에 데려다주었다. 이 천사 같은 여성은 자신보다 약한 사람과 함께 있는 동안에는 침착한 모습으로 힘든 시간을 견뎌냈다. 겁에 질린 가정부 옆에 있을 때 밝고 차분했던 그녀는 마차에 올라타자 얼굴이 하얗게 질리더니 감정이 북받쳐오른 듯 흐느껴 울기 시작했다. 그날 밤의 모험은 감당하기에 너무 힘들었던 것이다. 나중에 그녀는 그때 내가 너무 차갑고 자신과 거리를 두는 것처럼 느껴졌다고 했다. 내가 감정을 억누르기 위해 속으로 얼마나 큰 갈등을 하고 애를 썼는지 짐작조차 못할 것이다. 모스턴 양을 향한 사랑과 연민은 정원에서 손을 잡았던 순간부터 변함이 없었다. 아무리 오랜 세월을 함께하더라도 그 하룻밤의 이상한 모험을 함께 겪지 않았더라면 그녀의 사랑스럽고 용감한 성품을 알 수 없었을 거라는 생각이 든다. 그렇지만 마음을 고백할 수 없었던 데는 두 가지 이유가 있었다. 그녀는 연약하고 무력할 뿐 아니라 마음이 불안하고 신경도 곤두선 상태였다. 그런 때 불쑥 사랑을 고백하면 그녀를 더욱 불편하게 만들 것 같았다. 내가 고백하기 힘들었던 더 큰 이유는 그녀가 부자라는 사실이었다. 홈스의 수사가 성공적으로 끝난다면 모스턴 양은 부유한 상속자가 될 것이다. 퇴역한 군의관이 우연히 가까워진 거리를 틈타 고백한다면, 그것이 정당하고 명예로운 일이겠는가? 나를 재산이나 노리는 사기꾼으로 보지는 않을까? 그녀가 그런 생각을 할지 모른다는 사실만으로도 참을 수 없었다. 아그라의 보물이 우리 두 사람 사이를 장벽처럼 가로막고 있었다.

세실 포레스터 부인 댁에 도착했을 때는 새벽 2시가 다 된 시각이었다. 하인들은 몇 시간 전에 쉬러 갔지만 모스턴 양이 받은 편지에 흥미를 느낀 포레스터 부인은 그녀가 돌아오기만을 기다리고 있었다. 부인이 직접 문을 열어주었다. 우아한 중년 여성인 포레스터 부인은 어머니처럼 따뜻한 목소리로 맞이하며 모스턴 양의 등을 다정하게 감싸 안아주었다. 나는 기뻤다. 포레스터 부인은 모스턴 양을 단순한 고용인이 아니라 소중한 친구처럼 대했다. 모스턴 양이 나를 소개하자 부인은 집안으로 들어와 그날 있었던 일들을 이야기해달라고 적극적으로 청했다. 나는 중요한 볼일이 있다고 양해를 구한 뒤 사건이 해결되면 그때 다시 찾아와서 말씀드리겠다고 약속했다. 마차를 타고 떠나면서 흘끗 뒤돌아보니 두 사람은 여전히 몸을 서로에게 붙인 채 문 앞에 서 있었다. 스테인드글라스를 통해 거실 불빛이 새어 나오고 있었다. 반쯤 열린 문 사이로는 기압계와 양탄자 누르개가 보였다. 우리가 휘말린 무섭고 암울한 사건의 한가운데에서 평온하기만 한 영국 가정의 모습을 얼핏 본 것만으로도 마음이 진정되었다.

그날 밤 있었던 일들을 떠올려보았다. 생각할수록 점점 더 무섭고 암울해졌다. 정적이 흐르고 불빛도 없는 거리를 마차가 덜컹거리며 달리는 동안 연이어 벌어진 이상한 사건들을 하나하나 되짚어보았다. 당초에 착수했던 사건의 진상은 이젠 제법 명확하게 밝혀졌다. 모스턴 대위의 죽음, 진주들, 광고, 편지. 이런 것의 진상은 모두 밝혀냈다. 하지만 그것들은 우리를 더 비극적이고 복잡한 사건으로 이끌었다. 인도의 보물, 모스턴 대위의 짐에서 찾아낸 이상한 도면, 기이한 죽음을 맞은 숄토 소령, 보물을 찾아내자마자 곧장 살해당한 바살러뮤 숄토, 범죄 현장에 남겨진 기묘한 물건들, 발자국, 특이한 무기, 모스턴 대위가 가지고 있던 도면의 글귀와 똑같은 말이 적혀 있는 쪽지…….

내 친구처럼 특별한 재능을 가진 사람이 아니라면 아무 단서도 찾지 못했을 아주 복잡한 사건이었다.

램버스 저지대에 위치한 핀친 레인에는 초라한 이 층짜리 벽돌집들이 죽 늘어서 있었다. 나는 3번지를 찾아가 한참 동안 문을 두드렸지만 안에서는 아무 기척도 없었다. 그러다 마침내 블라인드 뒤에서 촛불이 어른거리더니 위층 창문에서 누가 얼굴을 내밀었다.

"꺼져버려, 이 주정뱅이야. 한 번만 더 문을 두드렸다가는 마흔세 마리 개들을 풀어놓을 줄 알아."

"그중 한 마리만 풀어주시죠. 그 때문에 찾아왔습니다만."

내가 말하자 남자가 고함을 질렀다.

"꺼져! 좋게 말할 때 꺼지지 않으면 가방에서 꺼낸 걸레를 머리에 뒤집어씌울 테다."

"전 개를 데려가야 합니다."

내가 소리쳤다.

"더이상 상대 못 하겠군! 어디 내가 셋을 셀 때까지 서 있어보시지. 걸레를 던질 테니까."

셔먼이 소리쳤다.

"셜록 홈스가……."

내가 그 이름을 꺼내자마자 마법 같은 일이 일어났다. 즉시 위층 창문이 쾅하고 닫히더니 일 분도 되지 않아 빗장이 벗겨지고 문이 열렸다. 셔먼이라는 사람은 비쩍 마른 노인이었다. 어깨가 구부정하고 목에는 힘줄이 도드라졌고 푸른색이 도는 안경을 쓰고 있었다.

"셜록 씨의 친구분이라면 언제나 환영합니다. 어서 안으로 들어오시죠, 선생님. 물릴 수도 있으니 오소리를 조심하시고요. 이런 버릇없는 것 같으니라고. 이 신사분을 물겠다는 거야?"

노인은 우리의 창살 사이로 빨간 눈을 빛내며 심술궂게 머리를 내민 오소리에게 소리치더니 바닥에 있는 것을 가리켰다.

"걱정하지 마세요, 선생님. 저건 굼벵이무족도마뱀이랍니다. 독은 없습니다. 벌레나 잡아먹으라고 방안에 풀어놓은 거죠. 아, 아까 소리질렀던 건 너그럽게 잊어주세요. 동네 꼬마들이 날 놀리느라 온종일 문을 두드려대서 그랬습니다. 그런데 셜록 홈스 씨가 필요한 게 뭐라고 하셨죠?"

"개를 데려오라고 했습니다."

"아! 토비를 찾으시는군요."

"네, 맞습니다."

"토비는 왼쪽 7호 우리에 있습니다."

어느새 노인의 주위에는 이상한 동물들이 모여 있었다. 그는 촛불을 들고 천천히 앞으로 걸어가기 시작했다. 뭔지 알 수 없는 희미한 빛들이 보였다. 방 구석구석에서 쳐다보는 동물들의 번쩍이는 눈이었다. 심지어 머리 위 서까래에도 새들이 잔뜩 앉아 있는데, 그 모습이 퍽 엄숙해 보였다. 녀석들은 말소리에 단잠을 방해받았는지 귀찮다는 듯 한쪽 다리에서 다른 쪽 다리로 무게중심을 옮기고 있었다.

토비는 털이 길고 귀가 늘어진 못생긴 개였다. 스패니얼과 러처의 잡종으로 갈색과 흰색 털이 섞였고 어기적거리며 볼품없이 걸었다. 내가 늙은 박제사에게 받은 각설탕을 내밀자 토비는 잠시 머뭇거리다가 받아먹었다. 그렇게 동맹을 맺은 뒤 토비는 별 말썽 없이 마차에 올라탔다. 퐁디셰리 로지에 도착했을 때 궁전 시계가 3시를 알리고 있었다. 문 앞을 지키던 전직 프로 권투 선수인 맥머도는 공범으로 지목당해 새디어스 숄토와 함께 경찰서로 연행된 뒤였다. 그를 대신해 문을 지키던 경관 두 명에게 셜록 홈스의 이름을 대자 개와 함께 집안으로 들여보내주었다.

홈스는 저택 현관 앞에서 주머니에 손을 넣고 파이프 담배를 피우고 있었다.

"오, 녀석을 데려왔군! 이리 와라, 착하지! 애설니 존스는 가버렸다네. 자네가 나간 뒤로 엄청난 일들이 벌어졌지. 존스가 새디어스뿐 아니라 문지기, 가정부, 인도인 집사까지 체포했거든. 위층에 있는 경사 한 명을 제외하면 지금 집에는 우리 두 사람밖에 없어. 녀석은 여기 묶어놓고 올라가세."

우리는 토비를 홀의 탁자에 묶어두고 계단을 올라갔다. 시트로 덮어놓은 시신을 제외하면 방은 나설 때와 달라진 점이 없었다. 한쪽 구석에 피곤해 보이는 경사가 몸을 기대고 있었다.

"경사, 손전등 좀 빌립시다. 왓슨, 손전등을 끈으로 묶어 내 목에 걸어주게. 가슴 앞쪽에 오게 말이야. 고맙네. 이제 난 신발과 양말을 벗을 텐데, 자네가 들고 따라와주겠나. 바로 올라갈 생각이야. 손수건에 크레오소트 액을 조금만 묻혀주고. 그 정도면 됐네. 이제 자네도 나와 함께 올라가지."

우리는 천장에 난 구멍을 통해 다락으로 올라갔다. 홈스는 손전등으로 바닥에 쌓인 먼지 위의 발자국을 비추었다.

"발자국들을 잘 살펴보게. 뭔가 눈에 띄는 점이 없나?"

홈스가 물었다.

"발자국의 주인은 어린아이이거나 작은 여자인 것 같아."

"발자국 크기 말고 다른 건?"

"별다른 건 없어 보이는데."

"그렇지 않네. 여길 보게! 이건 오른발의 자국이지. 그 옆에 내 발자국도 찍겠네. 가장 큰 차이점이 뭔가?"

"자네 발가락들은 모여 있는데, 다른 발자국은 발가락들 사이가 많이 벌어져 있군."

"맞았어. 그게 중요한 걸세. 그 점을 잊지 말게. 자, 이제는 저기 있는 들창으로 가서 나무 창틀 냄새를 맡아보지 않겠나? 난 손수건을 들고 여기 서 있겠네."

나는 홈스가 가리키는 쪽으로 가서 냄새를 맡아보았다. 독한 타르 냄새를 맡을 수 있었다.

"범인이 나갈 때 발을 디딘 자리란 얘기지. 자네가 냄새를 맡을 수 있을 정도라면 토비는 더 쉬울 걸세. 이제 아래층으로 내려가 토비를 풀어주게. 곡예사를 찾아야 하니까."

집밖으로 나와보니 셜록 홈스는 지붕을 타고 있었다. 마치 거대한 반딧불이가 기어가는 것처럼 아주 천천히 지붕의 마룻대를 따라 걷고 있었다. 굴뚝이 시야를 가려 잠시 보이지 않았던 홈스는 이내 모습을 드러냈다가 또다시 반대편으로 사라졌다. 저택 주위를 돌아보니 한쪽 처마 끝에 홈스가 앉아 있었다.

"왓슨, 자넨가?"

홈스가 외쳤다.

"그래."

"바로 여기군. 밑에 있는 그 검은 물체는 뭔가?"

"물통이야."

"뚜껑이 있나?"

"그래."

"근처에 사다리가 놓여 있던 흔적은?"

"없어."

"빌어먹을! 여기를 내려가는 게 제일 큰 난관이야. 그놈이 올라올 수 있었으니 내려갈 수도 있겠지. 배수관이 제법 단단한 것 같네. 어떻게 해서든 내려가겠어."

발이 쓸리는 소리 같은 것이 들리더니 손전등 불빛이 천천히 벽 한쪽을 타고 내려오기 시작했다. 그러더니 불빛과 함께 홈스가 물통 위로 뛰어내렸다. 바닥에 내려선 홈스는 말했다.

"그놈의 뒤를 따라가는 게 생각보단 어렵지 않았어."

그는 양말과 신발을 신었다.

"그놈이 지나간 자리마다 기왓장들이 흩어진데다 얼마나 서둘렀는지 이걸 떨어뜨리고 갔더군. 의사인 자네처럼 말한다면, 확실한 진단이 내려진 셈이지."

홈스가 작은 주머니를 내밀었다. 염색한 풀을 엮어 만든 주머니에는 번쩍거리는 조잡한 구슬들이 빙 둘러져 있었다. 크기나 모양으로 봐서 담뱃갑은 아니었다. 안에는 한쪽 끝은 뾰족하고 한쪽 끝은 무딘 검은색 침 여섯 개가 들어 있었다. 바살러뮤 숄토의 머리에 박혀 있던 것과 똑같았다.

"끔찍한 물건이야. 찔리지 않도록 조심하게. 이걸 찾아서 다행이로군. 범인이 가지고 있는 무기는 이게 전부일 확률이 높으니 자네나 내가 독침에 당할 염려는 없어진 셈이지. 물론 이러다 마티니 소총의 총알에 맞을지도 모르지만 말일세. 이제 십 킬로미터쯤 걸어야 할 텐데 괜찮겠나?"

"끄떡없네."

"다리는 괜찮은가?"

"괜찮아."

"그럼 이제 출발해볼까. 토비! 이 녀석, 착하지! 냄새를 맡아, 토비. 어서!"

홈스가 크레오소트가 묻은 손수건을 개의 코에 들이밀었다. 털로 뒤덮인 다리를 벌리고 선 토비는 오래된 와인의 향기를 음미하는 감정가처럼 우스꽝스럽게 고개를 뒤로 젖혔다. 홈스는 손수건을 멀리 던진 뒤 잡종견의 목에 튼튼한 줄을 달고는 물통 옆으로 데려갔다. 토비는 떨리는 소리로 크게 연달아 짖더니 꼬리를 치며 코를 땅에 박았다. 그리고 냄새를 좇아 목줄이 팽팽해질 만큼 빠른 속도로 달리기 시작했다. 우리는 있는 힘을 다해 그 뒤를 좇아갔다.

동쪽 하늘이 서서히 밝아졌다. 푸른 기 도는 회색빛이 퍼져나가며 제법 멀리까지 보였다. 아무것도 비치지 않는 컴컴한 창문, 높고 황량한 벽을 가진 거대한 사각 저택이 외롭고 슬픈 모습으로 우리 뒤에 우뚝 서 있었다. 우리는 구덩이가 여기저기 파여 곳곳에 물이 고이고 표면이 엉망인 정원을 가로지르며 앞으로 나아갔다. 도처에 쌓인 흙무더기와 시든 관목 때문에 불길하고 황폐한 풍경이었다. 저택을 휩쓴 무서운 비극과 어울리는 모습이었다.

담 앞에 도착한 토비는 그림자가 드리운 담 밑에서 열심히 냄새를 맡기 시작하더니 마침내 어린 밤나무에 가려져 있던 담 모퉁이에서 멈췄다. 담의 방향이 꺾이는 모퉁이에는 벽돌 몇 개가 헐겁게 물려 있고 그 틈새를 여러 번 디딤판으로 삼았는지 틈 아래의 벽돌 모서리가 둥글게 닳아 있었다. 먼저 담을 올라간 홈스는 내게서 토비를 받아 담 저편에 내려놓았다.

"여기 의족을 한 남자의 손자국이 남아 있어."

내가 그의 옆으로 올라가자 홈스가 말했다.

"하얀 회반죽 위에 남은 핏자국을 보게. 어제까지 비가 많이 오지 않아 얼마나 다행인지 몰라! 여든두 시간이 지났지만 범인의 냄새가 남아 있을 걸세."

솔직히 나는 그사이 얼마나 많은 마차들이 런던 거리를 지나다녔을지 생각하며 홈스의 생각을 의심했다. 하지만 걱정은 이내 사라졌다. 토비는 머뭇거리거나 방향을 바꾸는 법 없이 특유의 굴러가는 듯한 자세로 뒤뚱거리며 달렸다. 다른 냄새도 많았겠지만 그중에서도 크레오소트 냄새가 강력했던 모양이었다.

"이번 사건을 해결하는 데 범인의 발에 묻은 화학약품에만 의존하고 있다는 생각은 하지 말게. 범인을 쫓을 다른 방법들도 수없이 많으니까 말이야. 다만 이 방법이 제일 빠를 뿐이지. 우리 손에 들어온 행운을 무시하는 것도 잘못이라네. 덕분에 약간은 머리를 써야 하는 문제가 너무 쉬워졌네만. 이렇게 명백한 단서가 나오지 않았더라면 제대로 실력 발휘를 할 수 있었을 거야."

"지금도 충분하네. 내가 장담하지. 자네가 이번 사건의 단서들을 찾아내는 과정을 보고 있자니 정말 경이롭더군. 제퍼슨 호프 사건 때보다 훨씬 대단한 것 같아. 나로선 이번 사건이 훨씬 복잡하고 이해하기 어렵다네. 예를 들면 어떻게 자네는 의족을 한 남자의 인상착의를 자신 있게 말할 수 있는 거지?"

"이보게! 그건 아주 간단한 거야. 극적인 효과를 내고 싶은 생각도 없었어. 명백하고 공공연한 사실들이니까. 인도에서 죄수 막사 경비를 담당했던 장교 두 명은 묻혀 있는 보물에 대한 비밀을 알게 되었네. 도면은 조너선 스몰이라는 영국인이 그려줬지. 자네도 모스턴 대위가 가지고 있던 도면에서 그 이름을 보지 않았나. 조너선 스몰은 자신과 동료들을 대표해 서명을 했고 '네 사람의 서명'이라는 다소 극적인 제목을 달았네. 도면 덕분에 장교들은, 그러니까 그중 한 명은 보물을 찾아 영국으로 돌아왔고 그러고 나선 도면을 받을 때 했던 약속들을 지키지 않았을 거야. 자, 그렇다면 어째서 조너선 스몰은 직접 보물을 찾을 수 없었을까? 대답은 간단하지. 도면은 모스턴이 수감자들과 가깝게 지낼 때 그려졌네. 조너선 스몰과 동료들은 수감중이었기 때문에 빠져나갈 수 없었던 걸세."

"단순한 추측에 불과하지 않은가."

"단순한 추측보다는 훨씬 논리적이지. 모든 사실들을 연결시킬 수 있는 유일한 가설이니까. 이 가설이 어떻게 결론으로 이어지는지 보게. 숄토 소령은 지난 몇 년간 보물을 가지고 평온하고 행복하게 지냈어. 그런데 인도에서 온 편지 한 통을 보고 엄청난 두려움에 떨게 되었네. 그 편지가 뭐겠는가?"

"숄토 소령이 속인 죄수들이 형기를 마쳤다는 편지였겠지."

"아니면 탈옥했다는 연락이었거나. 탈옥했을 가능성이 더 높을 거야. 그자들의 복역 기간을 모를 리 없는 숄토 소령이 형기가 끝났다는 소식에 놀랐겠나. 그래서 그가 어떻게 했나? 숄토 소령은 경호원을 고용해 의족을 한 남자로부터 자신을 보호하려 했지. 그 남자는 백인이고. 잊지 말게, 소령이 오해해서 총을 쏘았다던 상인은 백인이었어. 그리고 도면 위에 있던 이름 중에 백인의 이름은 하나뿐이지. 다른 이름들은 힌두교도나 이슬

람교도의 이름이었으니까 백인일 리 없어. 따라서 의족을 한 남자의 이름이 조너선 스몰이라고 자신 있게 말할 수 있었던 거라네. 지금까지 이야기에 의문점이 있나?"

"아니, 아주 간결하고 명확하군."

"자, 그럼 이제부터는 조너선 스몰의 입장에서 생각해보도록 하지. 그 사람의 관점에서 보는 거야. 영국으로 돌아온 그자에게는 보물에 대한 권리를 되찾고 자신을 속인 남자에게 복수를 하겠다는 두 가지 목적이 있었을 걸세. 조너선 스몰은 숄토 소령이 사는 곳을 알아낸 뒤 저택에서 일하는 누군가와 접촉을 했을 가능성이 있어. 우리가 만나보진 못했지만 집사인 랄 라오라는 자일 거야. 번스턴 부인 말로는 그리 좋은 사람이 아니라고 하더군. 하지만 스몰은 보물이 어디에 숨겨져 있는지 알아낼 수가 없었어. 소령과 이젠 죽고 없는 충직한 하인 외에는 장소를 아는 사람이 아무도 없었지.

그러던 어느 날, 스몰은 소령이 곧 죽는다는 사실을 알았네. 소령이 죽으면 보물이 그대로 묻힐 수도 있다는 생각에 흥분한 스몰은 저택의 경비를 뚫고 죽어가는 남자의 방 창문에 접근했지. 하지만 소령이 아들들과 함께 있는 바람에 들어갈 수는 없었던 걸세. 결국 소령이 죽은 그날 밤 스몰은 미칠듯한 증오를 간직한 채 소령의 침실에 숨어들어 보물이 숨겨진 장소에 대한 단서를 찾아 온 방안을 뒤졌네. 방을 나서면서 자신이 왔다 갔음을 알리기 위해 소령의 시신에 쪽지를 남겼고. 애초에 그가 소령을 죽인 다음에 하려고 했던 대로 말이야. 소령을 죽이는 건 그 네 사람의 관점에서 본다면 일반적인 살인이 아니라 정의 구현이었기 때문이라네. 범죄 역사에는 범죄자가 유별난 행적을 남기는 사건이 종종 있는데 대부분은 사건에 대한 귀중한 단서를 제공해주지. 여기까진 이해하겠나?"

"제대로 이해했네."

"그런 뒤에 조너선 스몰이 어떻게 했을 것 같은가? 보물을 찾기 위해 계속해서 저택을 감시했을 걸세. 영국을 떠났다가도 간간이 돌아왔을 테지. 다락방이 발견되었다는 소식은 스몰에게 즉시 전해졌어. 저택에서 일하는 사람들 중에 공범이 있다는 소리지. 조너선 스몰은 의족을 하고 있었기 때문에 혼자서는 높은 곳에 있는 바살러뮤 숄토의 방에 들어갈 수가 없네. 그래서 그는 자신을 도와줄 기이한 공범을 끌어들인 거야. 공범이 어려운 일을 잘해내고도 맨발에 크레오소트를 묻히는 바람에, 토비가 동원되고 아킬레스건을 다친 퇴역 군의관이 십 킬로미터나 되는 길을 걷게 됐지만 말일세."

"그러면 바살러뮤 숄토를 살해한 건 스몰이 아니라 공범이지 않은가."

"그렇지. 방에 들어온 뒤의 동선을 보면 스몰은 도리어 질색한 듯하네. 그는 바살러뮤 숄토에게 원한이 없었기 때문에 볼일을 보는 동안 묶어두고 재갈만 물려놓을 생각이었을 거야. 일이 잘못되더라도 교수형을 당하고 싶은 생각은 없었을 테니. 그러나 손쓸 도리가 없었지. 공범이 잔인한 본성을 드러내 독침을 쏘고 만 걸세. 그래서 조너선 스몰은 쪽지를 남긴 뒤 보물 상자를 꺼내 도망쳤다네.

여기까지가 내가 알아낸 사건의 전말이야. 물론 그자의 인상착의도 알 수 있지. 중년 남자고 안다만제도 같은 곳에서 오래 복역했으니 햇볕에 검게 그을렸을 걸세. 보폭으로 키는 쉽게 추정할 수 있고 수염을 기르고 있다는 것도 알고 있어. 새디어스 숄토가 창문에서 그를 봤을 때 수염이 무성하다는 것이 기억에 남았다고 하지 않았나. 그 이상은 나도 모르네만."

"공범은?"

"아, 공범도 그렇게까지 기이한 존재는 아니야. 자네도 곧 알게 될 걸세. 아침 공기가 상쾌하군! 저기 작은 구름을 보게, 거대한 홍학의 분홍색 깃털 같지 않나. 런던의 짙은 구름 위로 붉은 태양의 가장자리가 보이고 있어. 감히 장담컨대 저 태양이 비추는 수많은 사람들 중에 자네와 나처럼 이상한 사건에 얽혀 있는 사람은 또 없을 걸세. 장엄한 자연의 힘 앞에 인간의 사소한 야망이나 사투란 얼마나 보잘것없게 느껴지는지! 자넨 독일 작가 장 파울을 잘 알고 있나?"

"제법 알지. 칼라일이 쓴 글을 통해서 다시 알아가는 중이야."

"마치 시냇물을 따라서 수원지로 돌아가는 셈이군. 장 파울은 흥미롭고 심오한 말을 남겼지. '인간이 위대하다는 가장 큰 증거는 자기 존재의 하찮음을 자각하는 데 있다.' 비교하고 인식하는 능력이야말로 고결함의 증거라는 말이지. 장 파울은 생각할 거리를 많이 남겨주었어. 그런데 권총을 가져왔나?"

"지팡이만 가져왔는데."

"범인들의 은신처에 도달하면 무기가 필요할지도 모르네. 자네가 스몰을 맡게. 나는 공범이 난폭하게 굴면 쏴버릴 테니까."

홈스는 권총을 꺼내 약실에 총알 두 발을 장전하고는 오른쪽 주머니에 다시 넣었다.

우리는 토비를 쫓아 도심으로 이어지는 한적한 시골길을 따라갔다. 가끔씩 별장이 보이던 길을 걷다 건물들이 들어찬 거리로 들어서자 벌써부터 활기차게 일을 시작한 노동자들과 부두 인부들이 보였다. 몸을 파는 여자들이 가게문을 닫거나 문턱을 쓸고 있었다. 길모퉁이에 있는 여인숙들은 벌써 하루의 준비를 시작했고 그 안에서 거칠어 보이는 사내들이 세수를 한 뒤 옷소매로 수염을 닦으며 모습을 드러냈다. 낯선 개들이 한가롭게 거닐다가 우리가 지나가자 이상하게 쳐다보았다. 하지만 토비는 오른쪽으로도 왼쪽으로도 고개를 돌리는 법 없이 코를 땅에 박은 채 계속 앞으로 향했다. 가끔씩 냄새가 심하게 나는 곳에서는 짖기도 했다.

우리는 스트레텀, 브릭스턴, 캠버웰을 지나 어느덧 케닝턴 레인에 들어섰다. 오벌의 동쪽으로 이어지는 골목길이었다. 범인들은 사람의 눈을 피하기 위해 구불구불한 경로를 택한 것 같았다. 큰길로 다니지 않고 골목길로 돌아갔다. 케닝턴 레인이 끝나는 길에서 다시 왼쪽으로 돌아 본드 스트리트와 마일스 스트리트를 지났다. 마일스 스트리트에서 나이츠 플레이스로 접어들 때 토비가 전진을 멈추더니 한쪽 귀는 세우고 다른 한쪽 귀는 축 늘어뜨린 채 망설이는 모습으로 자리를 맴돌기 시작했다. 어떻게 해야 할지 모르겠다는 것처럼 가끔씩 우리를 쳐다보면서 제자리를 빙글빙글 돌았다.

"도대체 뭐가 잘못된 거지? 그자들이 마차를 타거나 열기구를 타지는 않았을 텐데."

홈스가 화난 목소리로 말했다.

"이 자리에 한참 서 있었을지도 모르지."

내가 말했다.

"아! 다행일세. 토비가 다시 뛰기 시작하는군."

홈스가 안도한 목소리로 말했다.

토비는 다시 바닥에 코를 붙이고 냄새를 맡다가 갑자기 마음을 정한 듯, 지금까지와는 다르게 주저하지 않고 힘껏 달리기 시작했다. 조금 전보다 냄새가 더욱 강해졌는지 이제는 코를 바닥에 대지도 않고 목줄을 있는 힘껏 당기며 전속력으로 달리기 시작했다. 반짝거리는 홈스의 눈을 보니 목적지에 거의 도달했다는 것을 알 수 있었다.

우리는 나인 엘름스를 지나 화이트 이글 선술집 바로 앞에 있는 브로더릭 앤드 넬슨의 커다란 야적장에 도착했다. 개가 몹시 흥분해서 난리를 치더니 쪽문을 통해 안으로 뛰어 들어갔다. 안에서는 톱질꾼들이 벌써 일을 시작하고 있었다. 토비는 톱밥과 대팻밥을 헤치고 좁은 길을 달리다가 통로를 빙 돌아 두 개의 목재 더미 사이로 들어갔다. 그리고 의기양양하게 짖어대며 큰 통 위로 뛰어 올라갔다. 아직 손수레에서 내리지도 않은 통이었다. 토비는 혓바닥을 내민 채 눈을 깜빡거리며 통 위에 서서 우리가 칭찬해주기만을 기다리고 있었다. 통의 통널과 손수레의 바퀴에는 검은색 액체가 묻어 있었다. 크레오소트 냄새가 진동을 했다.

셜록 홈스와 나는 멍하니 서로를 쳐다보다가 참지 못하고 동시에 웃음을 터뜨렸다.

8.

"이제 어떻게 하나? 토비는 실수하는 법이 없다더니 그렇지만도 않은 모양이네."

내가 물었다.

"토비는 후각에 따라 쫓아간 것뿐일세."

홈스가 통 위에서 개를 안아 내린 뒤 야적장을 빠져나가며 말했다.

"런던에서 하루에 운반되는 크레오소트 양이 얼마나 될지 생각해보면 길을 잘못 들어도 이상할 게 전혀 없지. 요즘은 목재를 건조시키는 데 크레오소트를 많이 사용하니까 말이야. 불쌍한 토비를 탓할 순 없다네."

"냄새를 다시 찾아야 하지 않겠나."

"그래. 그나마 다행인 건 멀리 되돌아갈 필요는 없다는 거지. 토비가 나이츠 플레이스에서 헤맨 것은 확실해. 거기서 냄새가 두 갈래 길로 나뉘었던 걸세. 이 길이 아니니 이제 다른 길을 따라가면 될 거야."

그리 어렵진 않았다. 길을 잘못 들었던 곳으로 되돌아가사 토비는 그 자리에서 크게 한 바퀴 돌더니 다른 쪽 길로 달려가기 시작했다.

"조금 전 봤던 크레오소트 통으로 다시 가는 건 아니겠지."

내가 말했다.

"나도 그 생각은 했어. 하지만 토비가 지금 인도를 따라가지 않나. 통을 실은 수레는 차도로 지나갔을 거야. 이제 진짜 냄새를 찾아가는 걸세."

토비는 벨몬트 플레이스와 프린스 스트리트를 지나 강가로 내려갔다. 브로드 스트리트의 끝까지 가서도 멈추지 않고 앞에 작은 선착장이 있는 물가까지 계속 달려갔다. 토비는 우리를 선착장 끝으로 끌고 가더니 컴컴한 강물을 바라보며 짖어대기 시작했다.

"운이 다한 모양이군. 범인들이 여기서 보트를 탄 모양이야."

홈스가 말했다.

선박장과 물가에는 작은 나룻배와 소형 보트 몇 척이 정박되어 있었다. 우리는 토비를 데리고 배들 주위를 돌았다. 토비는 열심히 냄새를 맡았지만 별다른 반응을 보이지 않았다.

허름한 부잔교 근처에 작은 벽돌집 한 채가 서 있었다. 2층 창문에 나무로 된 팻말이 걸려 있었는데, 큼직하게 "모디카이 스미스"라고 씌어 있는 아래에 작은 글씨로 "하루나 시간 단위로 배를 빌려드립니다"라고 씌어 있었다. 문 위에 붙어 있는 두 번째 팻말과 방파제 아래 엄청나게 쌓인 코크스를 보아 그 집에 증기선이 있다는 것을 알 수 있었다. 주위를 천천히 둘러본 셜록 홈스의 표정이 점차 어두워졌다.

"상황이 좋지 않군. 범인들이 생각보다 훨씬 똑똑한 모양이야. 자신들의 흔적을 지워버렸어. 여기까지 사전에 계획을 세운 것 같네."

홈스가 집 앞으로 다가갔을 때 문이 활짝 열리더니 여섯 살쯤 되어 보이는 곱슬머리 남자아이가 뛰어나왔다. 손에 커다란 스펀지를 든 뚱뚱한 여자가 상기된 얼굴로 쫓아 나오며 소리쳤다.

"잭, 어서 돌아와서 씻어야지. 어서 돌아와, 이 말썽꾸러기야. 아버지가 집에 와서 네 꼴을 보면 한소리 하실 거야."

"꼬마야!"

홈스가 전략적으로 말을 걸었다.

"요 귀여운 장밋빛 뺨 좀 보게! 자, 잭이라고 했지, 갖고 싶은 거 있니?"

꼬마는 잠깐 생각하다가 대답했다.

"일 실링요."

"그것보다 더 갖고 싶은 건?"

꼬마는 짧게 생각한 뒤에 다시 말했다.

"이 실링요."

"자, 여기 있다! 받거라. 스미스 부인, 참 영특한 아이군요!"

"친절한 분이시군요. 아이가 조숙해요. 점점 제가 감당하기 힘들어지고 있어요. 남편이 며칠 집을 비울 땐 더하죠."

"남편분이 집에 안 계십니까? 정말 유감이군요. 스미스 씨와 할 말이 있는데."

홈스가 실망한 목소리로 말했다.

"남편은 어제 아침에 나갔어요. 사실 그 사람이 걱정돼죽겠어요. 혹시 배가 필요하신 거라면 제가 도와드릴 수 있는데요."

"증기선을 빌릴 수 있습니까?"

"이런, 어쩌면 좋죠. 증기선은 남편이 몰고 나갔어요. 그래서 걱정하고 있었던 거예요. 증기선에는 울리치까지 갔다 올 정도의 석탄밖에 실려 있지 않거든요. 남편이 바지선을 타고 나갔으면 걱정하지 않았을 거예요. 자주 그레이브젠드까지 나가고 일이 많을 때는 거기서 며칠 지내다 오기도 하니까요. 하지만 석탄이 떨어진 증기선으로 뭘 하겠어요?"

"강 하류의 선착장에서 석탄을 사겠죠."

"절대로 그럴 사람이 아니에요. 그쪽에서는 석탄값을 너무 비싸게 받는다고 여러 번 투덜거렸거든요. 더군다나 같이 나간 의족을 한 남자가 영 꺼림칙해요. 얼굴도 험악하게 생기고 말투도 이상한 사람이거든요. 요즘 자꾸 우리집 문을 두드리지 뭐예요."

"의족을 한 남자라고요?"

홈스가 깜짝 놀라며 물었다.

"예, 피부가 까맣게 탄데다 원숭이처럼 생긴 남자인데 남편을 여러 번 찾아왔어요. 어젯밤에도 그 남자가 남편을 깨웠어요. 눈치를 보니 남편도 그 사람이 찾아올 줄 알고 있었나 봐요. 증기선에 미리 시동을 걸어놨더라고요. 솔직히 말하면 그래서 더 마음이 편하지 않아요."

"스미스 부인, 부인이 크게 걱정할 일은 아닐 겁니다. 그런데 어젯밤에 온 사람이 의족을 한 남자인지 어떻게 알았죠? 어떻게 그렇게 확신하는지 궁금하군요."

홈스가 어깨를 으쓱하며 말했다.

"목소리를 들었으니까요. 그 사람 목소리를 알아요. 굵고 탁한 목소리죠. 그 남자가 문을 두드렸어요. 세 번 정도 두드린 것 같아요. '일어나게, 친구. 이제 출발해야 해.' 그러자 남편은 장남인 짐을 깨우더니 저한테는 말 한마디 없이 그대로 나가버렸어요. 의족이 돌바닥에 부딪히는 소리도 들었고요."

"의족을 한 남자밖에 없었습니까?"

"잘 모르겠어요. 하지만 다른 사람 목소리는 들리지 않았어요."

"그렇군요. 스미스 부인, 실례가 많았습니다. 아무래도 증기선이 필요해서 말이에요. 이 댁의 증기선이 좋다고 해서 찾아왔는데……. 참, 배 이름이 뭐였죠?"

"오로라호예요."

"맞아요! 선폭이 넓고 노란 선이 그려진 낡은 초록색 증기선이지요?"

"아뇨. 오로라호는 저기 강에 떠 있는 배들처럼 폭이 좁아요. 색은 새로 검정 바탕으로 페인트칠하고 빨간 선 두 줄을 그려 넣었죠."

"고맙습니다. 스미스 씨에게서 곧 소식이 올 겁니다. 이제 강을 따라 내려갈 텐데 혹시 오로라호가 보이면 부인이 걱정하고 있다는 말을 전하겠습니다. 굴뚝이 검은색이라고 했던가요?"

"아뇨. 굴뚝은 검은색 바탕에 흰색 줄을 칠했어요."

"아, 그렇군요. 선체 옆면이 검정색이었죠. 안녕히 계십시오,

스미스 부인. 왓슨, 저기 너벅선에 뱃사공이 있는 것 같군. 저 배를 타고 강을 건너세."

우리가 너벅선에 올라타자 홈스가 말했다.

"저런 부류의 사람들을 상대할 때 가장 중요한 건, 저들이 하는 이야기가 별것 아니라는 것처럼 대응해야 한다는 거지. 만일 자기들이 하는 이야기가 중요한 정보라는 사실을 알아차리면 조개처럼 입을 딱 다물어버리니까 말일세. 그러니까 정말 원하는 이야기를 듣고 싶을 때는 마지못해 들어주는 척해야 해."

"이제 어디로 가야 할지 확실해진 것 같군."

"자네는 어떻게 했으면 좋겠나?"

"증기선을 빌려서 강을 따라 내려가 오로라호를 찾아야지."

"이보게, 그렇게 하면 일이 너무 커지네. 오로라호는 여기와 그리니치 사이에 있는 어느 선착장에 정박했을 거야. 저 다리 밑을 따라가다 보면 정박하기 좋은 장소가 수도 없이 많다네. 우리끼리 찾아 나서는 것으로는 몇 날 며칠이 걸릴지 알 수가 없어."

"그럼 경찰의 도움을 받아야지."

"아니. 애설니 존스에게는 마지막에 연락해야 하네. 그 형사도 나쁜 사람은 아니고 수사관으로서의 명성에 해를 끼치고 싶은 마음도 없지만 이왕 여기까지 왔으니 이번 일은 내 힘으로 해결하고 싶거든."

"그럼 부두 관리인들에게 정보를 구하는 광고를 내면 어떨까?"

"그건 더 안 좋지! 그렇게 했다간 범인들이 누가 자기들을 바짝 쫓아왔다는 사실을 알고 외국으로 도망가려 할 거야. 그자들이 해외로 도피할 가능성이 상당히 높네. 하지만 자신들이 완벽하게 안전하다고 생각한다면 서두르진 않을 거야. 그건 존스가 도와줄 걸세. 존스가 신문에 경찰 수사 과정을 공표하고 나면 범인들은 진상을 아는 사람이 아무도 없다고 생각하게 될 테니까."

"그럼 이제 어떻게 할 셈인가?"

배가 밀뱅크 교도소 부근에 정박하자 내가 물었다.

"일단 이륜마차를 타고 집에 돌아가세. 아침 식사를 하고 잠깐 쉬어야지. 오늘밤에 다시 움직여야 할 것 같으니 말이야. 마부, 우체국 앞에 잠깐 세워주게! 아직은 쓸데가 있을 것 같으니 토비도 데려가야겠어."

우리가 탄 마차는 그레이트피터 스트리트에 있는 우체국 앞에 멈췄다. 홈스는 전보를 보냈다.

"전보를 누구에게 보냈을 것 같나?"

마차가 다시 집을 향해 달리기 시작하자 홈스가 물었다.

"모르겠는데."

"제퍼슨 호프 사건 때 내가 고용했던 베이커 스트리트 탐정단 기억나나?"

"그럼."

내가 웃으며 대답했다.

"이번 사건에서 그 아이들의 진가를 보게 될 거야. 실패한다면 다른 방법을 찾아야겠지만 일단은 그 애들을 이용해볼 생각이네. 꼬질꼬질한 위긴스 대장에게 전보를 보냈어. 우리가 아침 식사를 끝내기도 전에 아이들이 몰려올 거야."

지금 시각은 아침 8시와 9시 사이였다. 밤새 연이어 사건들을 겪은 피로가 이제야 몰려왔다. 팔다리에 힘이 하나도 없고 몸에 기운이 하나도 남아 있지 않으니 몸도 몸이지만 정신까지 몽롱했다. 나는 홈스만큼 사건에 열의가 없는데다 사건 자체를 단순히 지적 능력을 평가하는 추상적인 문제로만 받아들일 수도 없었다. 바살러뮤 숄토의 죽음만 해도 그 사람에 대해 아는 것이 별로 없다 보니 살인자들에 대한 반감이 그다지 강하지 않았다. 하지만 보물은 다른 문제였다. 보물의 일부는 모스턴 양의 몫이었다. 보물을 찾을 수 있다면 내 인생까지 바칠 준비가 되어 있었다. 보물을 발견하면 그녀는 정말 손이 닿지 않는 곳으로 날아가버릴 테지만 그런 생각에 영향을 받는다면 내 사랑은 아주

이기적이고 보잘것없어질 뿐이다. 범인을 찾아내겠다는 목적으로 이 일을 하는 홈스보다, 모스턴 양을 위해 보물을 찾겠다는 나의 일념이 열 배는 강했다.

베이커 스트리트로 돌아와 목욕을 하고 나니 새로운 기운이 샘솟았다. 아침 식사가 차려진 방에 들어가사 홈스가 커피를 따르고 있었다.

"이것 보게."

홈스가 웃으면서 펼쳐둔 신문을 가리켰다.

"혈기 왕성한 존스와 도처에 깔려 있는 기자들이 제대로 한 건 했군. 하지만 자네는 사건에 대해 충분히 알고 있지. 그러니 먼저 식사부터 하게나."

나는 홈스에게서 《스탠더드》를 건네받아, '어퍼노우드에서 일어난 미지의 사건'이라는 제목의 기사를 읽었다.

지난밤 12시경, 바살러뮤 숄토 씨가 어퍼노우드의 퐁디셰리 로지의 방에서 숨진 채 발견되었다. 정황상 살해된 것으로 보인다. 지금까지 우리가 알아낸 바에 따르면 숄토 씨에게서는 어떤 폭력의 흔적도 발견되지 않았지만, 고인의 아버지로부터 물려받은 값진 인도 보석들이 사라졌다. 피해자를 처음 발견한 사람은 셜록 홈스 씨와 왓슨 박사로, 고인의 동생인 새디어스 숄토 씨의 초대를 받고 방문했다고 한다. 그나마 다행인 것은 그때 마침 수사계에서

명망 높은 애설니 존스 형사가 노우드 경찰서에 와 있다가 신고를 받고 삼십 분 내에 현장으로 출동했다는 점이다. 존스 형사는 능숙하고 노련한 솜씨를 발휘하여 즉각 범인을 추리했다. 그리고 그 자리에서 피해자의 동생인 새디어스 숄토 씨와 가정부 번스턴 부인, 인도인 집사 랄 라오, 그리고 문지기이자 마부인 맥머도를 체포했다. 존스 형사는 전문적인 지식과 면밀한 관찰을 통해, 외부인이 문이나 창문을 통해 침입하는 것은 불가능하지만 저택 지붕에 달린 문으로 시신이 발견된 방에 들어갈 수 있다는 사실을 밝혔다. 이로써 범인은 저택 내부 구조에 대해 잘 아는 사람임이 분명해졌으며, 사건은 단순한 우발적 범행이 아니라 사전에 치밀하게 계획된 범행임이 드러난 것이다. 법 집행관들이 신속하고 정확하게 조치를 취할 수 있었던 데는 존스 형사의 덕이 컸다. 열정과 능력을 갖춘 훌륭한 형사가 현장 가까이에 있을수록 수사가 효율적으로 이루어진다는 사실을 증명한 셈이다. 이 일을 계기로 우리의 수사력을 지방으로 분산시켜 사건들을 좀더 가까이에서, 효과적으로 수사해야 한다.

"정말 대단하지 않은가! 자넨 어떻게 생각하나?"

홈스가 커피잔을 든 채로 활짝 웃으며 말했다.

"잘못했으면 우리도 범인으로 체포됐을 것 같은데."

"나도 그렇게 생각하네. 그자가 또다시 쓸데없이 나선다면 그땐 우리 안전도 장담할 순 없을 거야."

그때 초인종이 요란하게 울렸다. 하숙집 주인인 허드슨 부인이 당황해하며 훈계하는 목소리가 들렸다.

"맙소사, 홈스. 경찰이 정말 우리를 잡으러 왔나 본데."

내가 엉거주춤 몸을 일으키며 말했다.

"그 정도로 심각한 상황은 아닌 것 같네. 아마 우리를 도와줄 아이들…… 베이커 스트리트 탐정단이 온 모양이야."

홈스가 말한 대로, 맨발로 계단을 타닥타닥 뛰어 올라오는 소리와 왁자지껄하게 떠드는 소리가 들렸다. 그리고 누더기를 걸친 지저분한 길거리 아이들 열두 명이 들이닥쳤다. 소란스럽게 쳐들어왔지만 그들만의 규율을 지키는 것처럼 보였다. 방에 들어서자마자 즉시 정렬하더니 뭔가 기대하는 얼굴로 우리를 마주보며 섰다. 그들 중 키가 크고 나이가 많아 보이는 한 명이 앞으로 나섰다. 초라하기 그지없는 무리들 속에서 우쭐해하는 태도가 퍽 우스꽝스러웠다.

"전보를 받자마자 바로 달려왔습니다. 차비로 삼 실링 육 펜스 들었어요."

아이가 말했다.

"여기 있다."

홈스가 은화 몇 개를 꺼내주었다.

"앞으로 보고할 일이 있으면 대표로 위긴스만 오도록. 이런 식으로 몰려오진 않았으면 좋겠다. 하지만 이번 지시 사항은 함께 듣는 것이 나을 것 같군. 내가 찾고 있는 건 오로라호라는 증기선이다. 주인은 모디카이 스미스고, 선체는 검정 바탕에 빨간 선 두 줄이 그려져 있지. 굴뚝은 검정 바탕에 흰 줄 하나가 그려져 있고. 강 어딘가에 정박해 있을 거다. 너희들 중 한 명은 밀뱅크 반대편에 있는 모디카이 스미스의 선착장을 지키면서 배가 돌아오는지 확인하고, 나머지는 흩어져서 강 양쪽을 이잡듯이 뒤진다. 배를 찾는 즉시 바로 알리고. 모두 알아들었나?"

"알겠습니다."

위긴스가 대답했다.

"수고비는 똑같다. 배를 찾는 사람에게는 일 기니를 더 주지. 하루 수고비를 먼저 주마. 이제 해산!"

아이들은 홈스에게서 각각 일 실링씩 받고 시끌벅적하게 계단을 내려갔다. 잠시 뒤 아이들이 거리로 뛰어나가는 모습이 보였다.

홈스가 자리에서 일어나 파이프에 불을 붙이며 말했다.

"만일 배가 어딘가에 정박했다면 저 애들이 찾아낼 거야. 녀석들은 어디든 갈 수 있고, 무엇이든 볼 수 있고, 무슨 이야기든 들을 수 있으니까. 난 저 애들이 저녁이 되기 전에 배를 찾아낼 거라고 생각한다네. 그때까지는 기다리는 것밖에 할 일이 없군.

오로라호나 모디카이 스미스를 찾기 전에는 수색을 다시 시작할 수 없을 테니 말이야."

"토비에게 남은 음식을 좀 줘야겠어. 지금부터 쉴 건가?"

"아니, 피곤하지 않네. 특이 체질이거든. 일하는 중에는 피로를 느낀 적이 한 번도 없다네. 도리어 아무것도 하지 않고 있을 때 완전히 지쳐버리지. 난 이제 담배를 피우면서 우리의 아름다운 의뢰인이 가져다준 이 기이한 사건에 대해 생각할 셈이야. 사실 이렇게 쉬운 일은 없어. 의족을 한 남자가 흔하지도 않지만 공범은 그야말로 눈에 띄지."

"다시 공범 이야기인가!"

"공범에 대해 알아낸 사실을 자네에게 숨기고 싶진 않아. 하지만 자네도 생각이 있을 거야. 이제 지금까지 모은 정보들을 가지고 생각해보게나. 아주 작은 발자국, 신발을 신지 않아 쫙 벌어진 발가락, 맨발, 돌덩이를 매단 나무막대기, 뛰어난 민첩성, 작은 독침. 이 모든 게 뜻하는 게 뭘까?"

"야만인! 조너선 스몰의 인도인 동료 중 한 사람이 아닐까?"

내가 외쳤다.

"그렇게 보긴 힘들다네. 나도 처음 이상한 독침을 봤을 때는 그런 생각이 들었지만 발자국에서 보이는 유별난 특징들을 보고 다시 생각하게 되었지. 인도에 사는 원주민 중에 작은 사람도 있기야 있지만 발이 이 정도로 작은 사람은 없네. 힌두교도는 발이 길고 볼이 좁지. 또 이슬람교도는 엄지발가락과 다른 발가락들 사이에 가죽끈이 달린 샌들을 신기 때문에 사이가 많이 벌어져 있다네. 그리고 이 작은 침을 쏠 수 있는 방법은 하나밖에 없어. 입으로 부는 바람총이 있어야 해. 자, 이런 조건이라면 우리의 야만인은 어디에서 찾을 수 있겠나?"

홈스가 말했다.

"남아메리카."

나는 과감하게 말해보았다.

홈스는 책장으로 손을 뻗어 두꺼운 책 한 권을 꺼냈다.

"이건 최근에 출간된 지명 사전 1권일세. 가장 믿을 만한 최신 정보가 실렸다고 볼 수 있지. 여기에는 뭐라고 나와 있나 볼까?

'벵갈 만에 위치한 안다만제도는 수마트라에서 북쪽으로 550킬로미터 떨어진 곳에 위치해 있다.'

흠! 흠! 이게 다 뭐지? 습한 기후, 산호초, 상어, 포트 블레어, 수용소, 러틀랜드 섬, 미루나무……. 아, 여기 있네!

'안다만제도의 원주민들은 지구상에서 가장 작은 종족이라고 부를 수 있다. 물론 인류학자들 중에는 아프리카의 부시맨이나, 아메리카의 마이두족, 티에라델푸에고 사람들이 더 작다고 주장하는 경우도 있다. 하지만 안다만제도 원주민들의 평균 신장은 120센티미터 이하이고, 다 자란 성인들 중에서 그보다 키가 훨씬 작은 사람들도 심심치 않게 찾아볼 수 있다. 그들은 성격이 사납고 까다로워 상대하기 힘들다. 하지만 일단 신뢰를 얻기만 하면 가장 헌신적인 우정을 보여준다.'

여길 보게, 왓슨. 이 부분을 잘 들어봐.

'그들은 선천적으로 흉측하게 생겼다. 크고 보기 싫은 머리에, 작고 날카로운 눈동자, 뒤틀린 얼굴을 가지고 있다. 그리고 발과 손이 두드러지게 작다. 너무 공격적이고 상대하기 힘들어서 그들을 통제하려는 영국 관청의 시도는 매번 실패했다. 선원들에게 안다만제도 원주민들은 공포의 대상이다. 난파선의 생존자들을 독침으로 쏘거나 머리를 돌을 매단 막대기로 내리쳐 죽이는 것도 모자라 학살한 시신들로 식인 축제를 벌이기 때문이다.'

정말 멋지고 매력적인 종족이지 않은가, 왓슨! 만일 공범이 자기 마음대로 하도록 내버려두었다면 이번 사건은 훨씬 더 끔찍해졌을 거야. 내가 보기엔 조너선 스몰 본인도 공범을 끌어들이지 말았어야 했다고 생각하고 있을 걸세."

"스몰은 도대체 어떻게 그런 특이한 친구를 알게 되었을까?"

"나도 모르겠네. 하지만 우린 스몰이 안다만제도에서 왔다는 것을 알고 있으니 그자와 함께 원주민이 왔다고 해도 이상할 것은 없어. 이제 곧 모든 사실들이 밝혀질 거야. 이보게, 왓슨. 자네 많이 지친 것 같군. 소파에 눕게나. 잠들 수 있게 도와주지."

내가 소파에 눕자 홈스는 방구석에 놓여 있던 바이올린을 가져와 꿈같은 멜로디를 나지막이 연주하기 시작했다. 즉흥곡 연주에 뛰어난 재능을 가지고 있으니 이 곡 또한 홈스가 만든 곡이리라. 나는 잠들기 전에 어렴풋이 홈스의 여윈 팔다리와 진지한 표정, 그리고 활이 오르내리는 모습을 보았다. 그렇게 부드러운 소리의 바다 위를 평온하게 떠다니다가, 사랑스러운 메리 모스턴이 나를 내려다보는 모습을 떠올리면서 꿈나라로 빠져들었다.

끊어진 고리

9.

나는 늦은 오후에야 잠에서 깨어났다. 몸도 가볍고 기분도 좋아졌다. 홈스는 바이올린을 연주하는 대신 책을 읽고 있다는 것만 제외하면 잠들기 전에 본 것과 똑같은 모습으로 앉아 있었다. 내가 뒤척이자 홈스가 쳐다보았다. 어둡고 근심 어린 표정이었다.

"깊이 잔 모양이군. 이야기 소리 때문에 자네가 깰까 봐 걱정했다네."

"아무 소리도 듣지 못했어. 새로운 소식이라도 있나?"

"안타깝게도 아무것도 없네. 솔직히 말하자면 그런 사실이 놀랍기도 하고 실망스럽기도 하군. 지금쯤이면 뭔가 밝혀져야 하는데. 위긴스가 와서 보고를 하고 갔어. 증기선을 아무데서도 찾지 못했다는 거야. 한시가 급한데 이런 상황이니 짜증이 나는 군."

"내가 할 일은 없나? 기운도 완전히 되찾았으니 밤새 돌아다닐 수 있을 것 같네."

"아니. 우리가 할 일은 아무것도 없어, 기다리는 일밖에는. 혹시 집을 비웠다가 연락을 받지 못하면 일이 지체될 걸세. 자네는 볼일이 있으면 나가도 좋아. 하지만 난 여기서 기다려야 해."

"그럼 캠버웰에 가서 세실 포레스터 부인을 만나고 오겠네. 어제 초대를 받았거든."

"세실 포레스터 부인이라고 했나?"

홈스가 눈가에 미소를 머금은 채 말했다.

"음, 물론 모스턴 양도 있을 거야. 아무래도 어떻게 된 일인지 궁금해할 것 같아서."

"이야기를 너무 많이 하지 않는 게 좋을 걸세. 여자는 전적으로 신뢰할 수가 없어. 아무리 훌륭한 여자라고 해도 말이지."

나는 지독한 편견에 반박하고 싶었지만 그냥 참았다.

"한두 시간이면 돌아올 걸세."

"알았어! 행운을 비네! 참, 강을 건너갈 거면 토비를 데려다주게나. 아무래도 더이상 쓸 일이 없을 것 같아."

나는 잡종견을 핀친 레인에 있는 집에 데려다준 뒤 늙은 박제사에게 십 실링짜리 금화를 주었다. 캠버웰에 도착하자 모스턴 양은 전날 밤의 모험 때문인지 약간 피곤해 보였지만 새로운 소식을 듣고 싶어 했다. 포레스터 부인 역시 호기심이 가득했다. 나는 두 사람에게 지금까지 있었던 일을 전부 말해주었지만 비극적인 사건 중 끔찍한 장면에 대해서는 말하지 않았다. 바살러뮤 숄토가 살해당한 방식과 시신의 모습에 대해서 말이다. 그 부분을 뺐음에도 두 사람은 많이 놀라고 겁에 질린 것처럼 보였다.

포레스터 부인이 큰 소리로 말했다.

"중세 기사담 같아요! 상처 입은 숙녀, 오십만 파운드의 보물, 무서운 식인종, 의족을 한 악당까지. 이 정도 이야기면 진부한 용이나 사악한 백작이 나오는 이야기를 대신할 수 있겠네요."

"여자를 구하려는 두 명의 기사도 나오고요."

모스턴 양이 나를 보고 환하게 미소 지으며 덧붙였다.

"메리, 네 운명이 이번 수사에 달려 있어. 그런데도 너무 태연해 보이는구나. 큰 부자가 되어 세상을 내려다보면 어떤 기분이 들지 상상해보렴!"

그런 이야기를 들어도 그녀가 전혀 우쭐대는 기색을 보이지 않자 난 내심 짜릿한 기쁨을 느꼈다. 모스턴 양은 그런 일에는 전혀 관심이 없다는 듯이 고개를 꼿꼿하게 들었다.

"새디어스 숄토 씨가 걱정이에요. 다른 일들은 아무래도 좋아요. 전 숄토 씨가 정말 친절하고 명예롭게 행동하셨다고 생각해요. 우리가 그분이 받고 있는 사실무근의 끔찍한 혐의를 벗겨주어야 해요."

모스턴 양이 말했다.

내가 캠버웰을 떠나 하숙집으로 돌아왔을 때는 날이 제법 어두워진 뒤였다. 의자 옆에 책과 파이프만 남아 있고 홈스는 보이지 않았다. 메모를 남겼나 싶어 찾아보았지만 아무것도 없었다.

"홈스는 나간 모양이군요."

허드슨 부인이 블라인드를 내리고 있을 때 내가 말했다.

"아니에요. 침실에 계세요. 그런데 아무래도 홈스 씨의 몸이 걱정되네요."

허드슨 부인이 목소리를 낮추고 속삭였다.

"무슨 일이 있었습니까?"

"그게, 홈스 씨가 이상해요. 박사님이 나간 뒤로 계속 방안을 서성거리고 계단을 오르내렸답니다. 홈스 씨가 내는 발소리가 지겨울 정도로 말이에요. 그리고 혼잣말로 뭐라고 중얼거리는 소리도 들었습니다. 초인종이 울릴 때마다 층계 쪽으로 나와서 누가 왔느냐고 물어보기도 했고요. 그러더니 홈스 씨가 침실 문을 쾅 닫고 들어갔어요. 안에서 서성거리는 소리가 계속 나더군요. 홈스 씨의 몸이 걱정되어 해열제라도 필요한지 물어보려고 방에 들어갔더니 멍한 표정으로 나를 쳐다보았고요. 지금껏 그런 표정은 처음이었어요. 그래서 그냥 방을 나왔답니다."

"그렇게 걱정하실 필요 없습니다, 허드슨 부인. 전에도 많이 봤던 모습이니까요. 지금 저 친구가 조그만 골칫거리를 안고 있어서 불안한 마음에 그러는 겁니다."

친절한 하숙집 주인에게는 별일 아니라는 듯 말했지만 밤사이에도 계속해서 홈스의 발소리가 들리자 나도 걱정되기 시작했다. 예민하게 곤두선 정신을 어쩔 수 없이 억누르고 있어야 하는 상황이다 보니 홈스가 얼마나 신경질이 날지 알 만했다.

아침 식사 시간에 마주한 홈스는 지치고 초췌해 보였다. 열이 나는지 양쪽 뺨이 불그레했다.

"금방이라도 쓰러질 것처럼 보이는군. 밤새 서성거리는 소리를 들었네."

"잠을 잘 수가 없었어. 이 지긋지긋한 문제가 머리에서 떠나지 않는다네. 다른 문제들은 다 해결해놓고 사소한 장애물에 가로막혀 있으니. 나는 범인들이 누구이고 어떤 배를 탔는지 모든 것을 알고 있어. 그런데 정작 찾을 수가 없지 않은가. 이 일을 해결하기 위해 수색자들도 고용했고 모든 수단과 방법을 동원했다네. 강을 샅샅이 뒤졌는데 배를 찾을 수가 없다니. 스미스 부인도 남편에게서 아직 소식이 없다고 하더군. 이쯤 되니 범인들이 배를 침몰시킨 게 아닌가 하는 생각까지 들 정도지만 그럴 리는 없지."

"스미스 부인이 거짓 정보를 흘렸을 수도 있잖아."

"아니, 그건 아닐세. 내가 조사해본 결과 부인이 설명한 것과 똑같은 배가 있으니까."

"강 상류로 올라간 건 아닐까?"

"그럴 가능성도 생각해봤네. 그래서 리치먼드까지 수색 범위를 넓혔어. 만일 오늘도 소식이 없다면 내일부터는 내가 직접 나서서 배가 아니라 범인들을 찾아볼 생각이야. 하지만 틀림없이, 분명히 오늘은 뭔가 소식이 있을 걸세."

하지만 아무 소식도 없었다. 위긴스나 다른 수색원들에게서 아무 연락이 없었다. 신문마다 노우드의 비극에 관한 기사가 실렸다. 대부분이 불운한 새디어스 숄토에게 적대적이었다. 다음날 검시 배심이 열린다는 것 이외에 새로운 내용도 없었다. 저녁 무렵 나는 캠버웰까지 걸어가 숙녀분들에게 수사에 진전이 없다는 소식을 알렸다. 그러고 나서 집에 돌아와보니 홈스는 낙심하여 시무룩해 보였다. 그는 질문에 대꾸도 제대로 하지 않고 저녁 내내 복잡한 화학 실험에 매달렸다. 증류기를 가열해 수증기를 증류했다. 고약한 냄새 때문에 나는 방을 나갈 수밖에 없었다. 한밤중에도 냄새나는 실험을 계속하는지 시험관들이 달그락거리는 소리가 들렸다.

이른 아침 잠에서 깬 나는 침대 옆에 서 있는 홈스를 보고 깜짝 놀랐다. 그는 낡은 선원복에 선원이 입는 두꺼운 모직 코트를 걸치고 목에는 빨간 스카프를 매고 있었다.

"이제 강으로 갈 걸세, 왓슨. 아무리 생각해도 이 방법밖에 없어. 시도할 가치는 있지 않겠나."

"나도 같이 갈까?"

"아니네. 나 대신 여기 남아 있는 게 좋겠어. 사실 나도 나가고 싶지 않다네. 어젯밤에 위긴스가 실망스러운 이야길 했지만 아무래도 오늘은 뭔가 소식이 있을 것 같아서 말일세. 그러니까 전보와 전갈 들을 확인해주게. 무엇이 오든 자네가 알아서 판단해 행동하게나. 해줄 수 있겠지?"

"물론이지."

"자네가 나한테 전보를 보낼 일이 생길까 봐 걱정이네. 내가 어디에 있을지 확실하지 않아서 말이야. 운이 좋으면 그리 오래 걸리지 않을 걸세. 뭔가 알아내는 즉시 돌아오지."

아침 식사 시간까지도 홈스에게서는 아무 소식이 없었다. 《스탠더드》를 펼치자 사건에 관한 새로운 소식이 실려 있었다.

어퍼노우드에서 일어난 비극이 처음 생각했던 것보다 훨씬 복잡하고 이해하기 어려운 사건임을 말해주는 증거가 나타났다. 새로 나온 증거로 새디어스 숄토 씨가 결백하다는 것이 밝혀지면서 새디어스 숄토 씨와 가정부인 번스턴 부인이 어제저녁 풀려났다. 그렇지만 경찰이 이미 진범에 대한 단서를 가지고 있고, 열정적이고 명민하기로 유명한 런던 경찰청의 애설니 존스 형사가 사건을 담당하고 있으므로 조만간 범인을 체포할 수 있을 것으로 보인다.

"어쨌든 새디어스 숄토가 풀려났으니 그나마 다행이군. 경찰이 실수를 하고 둘러댈 때마다 하는 말이긴 하지만 그래도 새로운 단서라니 궁금한데."

나는 신문을 탁자 위에 내려놓았다. 그때 개인 광고란의 한 광고가 눈에 들어왔다.

실종 – 지난 화요일 새벽 3시 무렵, 선주 모디카이 스미스와 그의 아들 짐이 증기선인 오로라호를 타고 스미스 선착장을 떠났음. 오로라호는 검정 선체에 붉은 선 두 줄, 검정 굴뚝에 하얀 선 한 줄이 그려져 있음. 모디카이 스미스 씨와 증기선 오로라호에 관한 소식을 아는 사람은 스미스 선착장의 스미스 부인이나, 베이커 스트리트 221B번지로 연락 바람. 사례금 오 파운드.

홈스의 작품이 틀림없었다. 베이커 스트리트의 주소가 나와 있는 것을 보면 확실했다. 대단한 명안이라는 생각이 들었다. 만에 하나 범인들이 광고를 보더라도 사라진 남편을 걱정하는 부인이 낸 줄 알 것이다.

긴 하루였다. 누가 현관문을 두드리거나 밖에서 요란한 발소리가 들릴 때마다 돌아온 홈스이거나 광고를 보고 찾아온 사람이 아닐지 기대했다. 책을 읽어보려고 했지만, 뜻대로 되지 않은 수사와 우리가 쫓고 있는 전혀 어울리지 않는 조합의 범인들에 대한 생각이 머리에서 떠나지 않았다. 나는 문득 생각했다. 홈스의 추리에 근본적인 허점이 있는 게 아닐까? 홈스는 자신이 틀렸다는 사실을 받아들이지 못해 고통받고 있는 건 아닐까? 영리한 그의 사색적인 정신이 잘못된 전제로 엉뚱한 이론을 세운 것은 아닐까? 나는 이제까지 홈스가 틀리는 것을 본 적이 없었지만 아무리 날카로운 이론가라고 해도 틀릴 때가 있는 법이다. 지나칠 정도로 논리를 치밀하게 다듬는 동안 오류를 범할 수도 있다. 더구나 그는 평범하고 단순한 해답보다 교묘하고 기괴한 해답을 선호하지 않던가. 그러나 반대로 생각하면 바로 내가 홈스와 함께 증거들을 직접 본데다 홈스의 추리 근거를 들었다. 연이어 벌어진 사건들의 긴 고리를 돌아보면 별것 아닌 듯 보이는 수많은 사실들은 한 방향을 가리키고 있었다. 만일 홈스의 추리가 틀렸다 해도 이번 사건의 진실은 그에 못지않게 기이하고 깜짝 놀랄 만한 것이리라는 생각이 들었다.

오후 3시에 초인종 소리가 요란하게 울리더니 현관에서 고압적인 목소리가 들렸다. 놀랍게도 다름 아닌 애설니 존스였다. 어퍼노우드에서 자신만만하게 상식을 논하던 거만한 모습은 어디로 사라지고 풀이 잔뜩 죽어 온순하다 못해 미안하다는 표정을 짓고 있었다. 존스가 말했다.

"왓슨 박사, 잘 지내셨습니까. 셜록 홈스 선생은 안 계신가 봅니다."

"네, 언제 돌아올지도 알 수 없습니다. 기다리시겠다면 저쪽 의자에 앉으시죠. 시가 한 대 피우시겠습니까?"

"고맙습니다. 그럼 한 대 피우겠습니다."

존스는 커다란 빨간색 손수건을 꺼내 얼굴을 닦았다.

"소다수를 탄 위스키라도 한잔 하시겠습니까?"

"반 잔만 주십시오. 날씨가 왜 이렇게 더운지 모르겠습니다. 걱정거리가 많아서 더 그렇게 느껴지는 건지. 박사도 노우드 사건에 대한 내 생각은 알고 계시죠?"

"지난번에 말씀하신 건 기억하고 있습니다."

"그게, 아무래도 다시 생각해야 할 것 같습니다. 새디어스 숄토 씨로 수사망을 좁혀갔는데 그 사람이 갑자기 빠져나가버렸으니까요. 사건 당일의 알리바이가 입증되었거든요. 바살러뮤 숄토의 방에서 나간 뒤에 그 사람을 봤다는 목격자가 여기저기에서 나왔지 뭡니까. 그 사람이 다시 지붕을 타고 올라가 들창과 구멍을 통해 방으로 들어가지 않았다는 말이죠. 아주 어려운 사건입니다. 지금까지 수사관으로서 쌓아올린 명성이 위태로울 지경이에요. 조금이라도 도움을 받을 수 있다면 정말 기쁠 겁니다."

"누구든 가끔은 다른 사람의 도움이 필요하죠."

"친구분인 셜록 홈스 선생은 정말 굉장한 사람입니다."

존스의 잠긴 목소리에는 신뢰가 가득했다.

"실패하는 법이 없으니까요. 내가 알고 있기로 홈스 선생은 수많은 사건들에 관여했는데 해결하지 못한 사건이 단 한 건도 없습니다. 선생은 파격적인 수사 방식으로 다소 성급하게 가설을 끌어내는 경향이 있지만, 전반적인 능력을 보면 수사관으로서 전도가 유망합니다. 내가 이렇게 말했다는 걸 홈스 선생이 알아도 상관없습니다. 오늘 아침에 선생이 전보를 보냈더군요. 그래서 바살러뮤 숄토가 살해당한 사건의 단서를 잡은 모양이라고 생각했습니다. 바로 이 전보입니다."

존스가 주머니에서 전보를 꺼내 건네주었다. 12시에 포플러에서 보낸 것이었다.

당장 베이커 스트리트로 가시오. 만일 내가 없으면 기다리시오. 나는 지금 바살러뮤 숄토 사건의 범인들을 바짝 추격하는 중입니다. 이 사건을 끝내고 싶다면 오늘밤 우리와 함께해도 좋습니다.

"좋은 소식이군요. 홈스가 다시 범인들의 흔적을 찾은 모양입니다."

내 말에 존스가 만족스러운 기미가 역력한 투로 외쳤다.

"다시라니 그럼 홈스 선생도 실수했던 모양이군요! 최고의 수사관이라고 해도 헤맬 때가 있죠. 물론 전보에 적힌 내용이 잘못됐을 수도 있지만 법을 따르는 경관으로서 나는 어떤 제보든 확인해야 할 의무가 있답니다. 누가 찾아온 것 같군요. 홈스 선생일지도 모르겠습니다."

계단을 올라오는 묵직한 발소리와 함께, 무언가 달각거리는 소리와 숨을 헐떡거리는 소리가 크게 들렸다. 계단을 오르기가 힘에 부치는지 한두 번 멈춰 서기도 했다. 마침내 그 사람이 문 앞에 모습을 드러냈다. 밖에서 들리던 소리에 어울리는 모습이었다. 선원복을 입은 노인이 몸에 걸친 낡은 선원용 모직 코트의 단추를 목 끝까지 채우고 있었다. 등은 활처럼 굽었고 무릎은 후들거렸다. 천식 환자처럼 힘겹게 숨을 몰아쉬었다. 노인은 두꺼운 참나무 지팡이에 몸을 의지한 채 어깨를 들썩이며 숨을 들이 마시려고 애썼다. 요란한 색상의 스카프로 목을 둘둘 감은 노인의 얼굴에서 보이는 거라고는 날카로운 검은색 눈과 툭 튀어나온 덥수룩한 하얀 눈썹, 회색의 긴 구레나룻밖에 없었다. 모습을 보아 하니 한때는 존경받는 선장이었지만 지금은 가난에 시달리고 있는 것 같았다.

내가 물었다.

"무슨 일로 오셨습니까?"

노인은 나이든 사람답게 느릿하게 주위를 돌아보고는 말했다.

"셜록 홈스 씨 계시오?"

"아뇨. 하지만 제가 그 사람의 대리인입니다. 그러니 홈스에게 하실 말씀이 있으시면 제게 하십시오."

"본인에게 말할 거요."

"말씀드렸지만 제가 홈스의 대리인입니다. 모디카이 스미스의 배와 관련된 일로 오셨습니까?"

"그래요. 난 배가 어디 있는지 안다오. 그리고 홈스 씨가 쫓고 있는 사람들이 어디에 있는지도 알고 있지. 뿐만 아니라 보물이 어디에 있는지도 알고. 난 모든 것을 알고 있소."

"그럼 제게 말씀해주십시오. 홈스에게 전하겠습니다."

"본인에게 직접 말할 거요."

노인은 나이든 사람들이 흔히 그렇듯 고집을 꺾지 않고 되풀

이해서 말했다.

"그럼 홈스가 올 때까지 여기서 기다리시죠."

"아니. 그렇겐 못 하지. 온종일 여기서 시간을 낭비할 생각은 없소. 홈스 씨가 여기 없으니 내가 아는 건 전부 그 사람이 직접 알아내야 할 거요. 당신들이 그런 눈으로 봐도 상관없소. 난 말해주지 않을 테니까."

노인이 발을 질질 끌며 문 쪽으로 향하자 애설니 존스가 가로막았다.

"잠깐만 기다리십시오. 중요한 정보를 가지고 있다고 했으니 그냥 가시진 못합니다. 어르신이 원하든 원치 않든 홈스 선생이 돌아올 때까지 여기서 기다려야 합니다."

노인은 뛰어나가려고 했지만 애설니 존스가 커다란 몸으로 문을 등졌다. 노인은 저항해봐야 소용없다는 것을 깨달았다.

"대체 이런 법이 어디 있소!"

노인이 지팡이로 바닥을 내리치며 소리쳤다.

"나는 그 신사를 만나러 온 거요. 그런데 난생처음 보는 사람들이 나를 가두고 이런 식으로 대하다니!"

"불편한 일은 없을 겁니다. 여기서 낭비하는 시간에 대한 보상은 충분히 하겠습니다. 소파에 앉으세요. 오래 걸리지 않을 겁니다."

내가 말했다.

노인은 시무룩한 표정으로 자리에 앉더니 얼굴을 양손에 묻었다. 존스와 나는 다시 시가를 피우며 좀 전에 하던 이야기를 계속했다. 그때 갑자기 홈스의 목소리가 들렸다.

"나한테도 시가를 권할 줄 알았는데."

우리는 깜짝 놀라 자리에서 일어났다. 홈스가 재미있다는 표정을 지으며 앞에 앉아 있었다.

"홈스! 자네였나! 노인은 대체 어디로 간 거지?"

내가 소리쳤다.

"그 노인은 여기 있지."

홈스가 백발 뭉치를 들어올리며 말했다.

"여기 있다네. 가발, 구레나룻, 눈썹, 전부 말이야. 내가 변장술에 제법 능하다고 생각하긴 했지만 이 정도로 속아넘어갈 줄은 몰랐군."

존스가 크게 즐거워하며 소리쳤다.

"정말 감쪽같군요! 배우가 됐어도 크게 성공했겠습니다. 구빈원에서나 들을 수 있을 것 같은 기침 소리에, 휘청거리는 다리까지. 이 정도면 선생은 주당 십 파운드는 벌었을 겁니다. 물론 나야 그 번쩍거리는 눈빛 때문에 선생이라는 것을 진작 알아차렸지만 말입니다. 우리 같은 사람을 쉽게 속일 순 없죠."

홈스가 시가에 불을 붙이며 말했다.

"온종일 이런 차림으로 돌아다녔습니다. 이제 어지간한 범죄자들은 내 얼굴을 알아봐서요. 특히 여기 있는 친구가 내 사건을 기록해 출판한 뒤부터는 더합니다. 적진에 들어가려면 이렇게 간단한 변장이라도 해야 하죠. 내가 보낸 전보는 받았습니까?"

"받았죠. 그 전보를 보고 온 겁니다."

"수사는 어떻게 되고 있습니까?"

"전부 원점으로 돌아갔습니다. 용의자 두 사람은 풀어줬고 나머지 두 사람도 증거가 없습니다."

"걱정할 것 없습니다. 진짜 범인 두 사람을 넘겨줄 테니까요. 하지만 지시에 따라야 합니다. 범인을 잡은 공로는 형사님이 가져가도 좋지만 이제부터는 내 말을 따라야 한다는 말입니다. 그렇게 할 수 있겠습니까?"

"물론입니다. 범인만 잡게 해준다면 말이죠."

"좋아요. 일단 가장 빠른 경찰선, 그러니까 증기선을 수배해서 7시 정각에 웨스트민스터 선착장으로 보내십시오."

"그거야 쉽죠. 그곳에는 항상 경찰선 한 대가 대기합니다. 확실하게 하기 위해 길 건너편에서 전화를 하고 오겠습니다."

"범인들이 저항할 경우에 대비해 믿을 만한 경찰 두 명도 필요합니다."

"경찰선 안에 두 명이나 세 명 배치하도록 하죠. 다른 건 필요 없습니까?"

"범인들을 잡으면 보물도 찾게 될 겁니다. 보물의 절반을 차지할 권리가 있는 젊은 숙녀에게 여기 있는 내 친구가 직접 보물 상자를 전달할 수 있게 해주면 좋겠습니다만. 숙녀분이 제일 먼저 보물 상자를 열 수 있게 말입니다. 어떤가, 왓슨?"

"그렇게 해준다면 정말 기쁠 걸세."

"규정에 어긋나는 일입니다만……."

존스가 고개를 저으며 말했다.

"어차피 이번에는 모든 일들이 규정에 어긋나고 있죠. 이번만 눈감아주겠습니다. 하지만 그 뒤에 보물은 당국에 넘겨야 합니다. 수사가 끝날 때까지 말입니다."

"물론이죠. 그거야 쉬운 일입니다. 마지막으로 한 가지 더 부탁이 있습니다. 이번 사건에 대한 이야기를 조너선 스몰의 입으로 직접 듣고 싶군요. 내가 사건의 세부적인 내용까지 자세히 밝혀내기를 좋아한다는 건 형사님도 알고 있겠지요. 괜찮다면 여기서든 다른 곳에서든 그자와 비공식적인 면담을 하고 싶습니다. 그자를 잘 지키면 문제없겠죠."

"좋습니다. 아무래도 지금 상황에서는 선생의 지시를 따라야 하니 말입니다. 아직 조너선 스몰이라는 자가 존재한다는 증거는 전혀 없지만 선생이 그자를 붙잡는다면 어떻게 면담을 반대할 수 있겠습니까."

"그럼 합의가 된 건가요?"

"물론입니다. 다른 건 없습니까?"

"그렇다면 우리와 함께 식사를 하시지요. 삼십 분이면 준비가 될 겁니다. 굴과 들꿩 요리에, 괜찮은 화이트 와인을 함께 낼 생각입니다. 왓슨, 자네도 이번 기회에 내 요리 실력이 어떤지 한번 보게나."

원주민의 최후

10.

식사 시간은 즐거웠다. 홈스는 마음이 내키기만 하면 말을 아주 잘했는데, 그날 밤이 딱 그런 날이었다. 그는 지나치게 흥분한 상태였다. 나는 그렇게 밝은 홈스는 처음 보았다. 그는 쉴 새 없이 여러 주제에 대해 말했다. 기적극, 중세 도기, 스트라디바리우스 바이올린, 실론의 불교, 미래의 전함들에 대한 이야기들이었는데 마치 전문적으로 연구한 것처럼 상세했다. 홈스의 기분이 이렇게 들뜬 것은 지난 며칠간 암울했던 침체기의 반작용인 것 같았다. 애설니 존스도 몇 시간이나마 편안한 분위기를 즐기며 사교성을 마음껏 발휘했다. 그리고 미식가처럼 저녁 식사를 즐겼다. 나로 말하면 이제 수사가 막바지에 이르렀다는 생각에 기운이 솟았다. 홈스의 들뜬 기분이 옮은 듯도 했다. 식사를 하는 동안 우리를 한자리에 모은 사건에 대해서는 아무도 말하지 않았다.

식사가 끝나자 홈스는 시계를 흘깃 쳐다보더니 세 개의 잔에 와인을 따랐다.

"건배합시다. 우리의 짧은 원정이 성공하기를! 이제 출발할 시간이군요. 왓슨, 권총 가지고 있나?"

"군대에 있을 때 쓰던 권총이 책상에 있네."

"권총을 가져가는 게 좋겠네. 만반의 준비를 해야지. 마침 집 앞에 마차가 도착했군. 6시 30분까지 오라고 했다네."

우리가 웨스트민스터 선착장에 도착한 것은 7시가 약간 지났을 때였다. 대기하고 있던 경찰선을 발견한 홈스가 꼼꼼히 살폈다.

"경찰선이라는 표시가 있습니까?"

"양옆에 초록색 등이 달려 있습니다."

"등은 떼어내죠."

그의 말대로 등을 떼어낸 뒤 우리가 올라타자 배가 출발했다. 존스와 홈스, 나는 선미에 앉았다. 키를 조종하는 남자와 기관사, 건장한 경관 두 명은 선수에 타고 있었다.

"어디로 가는 겁니까?"

존스가 물었다.

"런던탑으로 갈 겁니다. 저들에게 제이컵슨 조선소의 반대편에 세워달라고 하십시오."

우리가 탄 배는 확실히 속도가 빨랐다. 우리는 줄을 지어 짐을 싣고 가는 바지선들을 지나쳤다. 배들이 마치 멈춰 있는 것 같았다. 배가 어떤 증기선을 추월해 크게 앞지르자 홈스가 만족스럽다는 듯 미소를 짓고는 말했다.

"지금 강 위에 떠 있는 건 전부 따라잡을 수 있겠군."

내가 대꾸했다.

"전부는 힘들겠지. 하지만 우리보다 빠른 증기선은 별로 없는 듯해."

"우린 오로라호를 따라잡아야 하네, 왓슨. 오로라호는 이름난 쾌속선이지. 오늘 있었던 일들을 말해주겠네. 내가 사소한 문제 때문에 발이 묶여 힘들어했던 건 알고 있지?"

"그래."

"그때 화학 실험에 몰두했더니 정신적으로 충분한 휴식을 취할 수 있었네. 위대한 정치가가 이런 말을 했지. 최고의 휴식은 다른 일을 하는 것이라고 말이야. 정말 그렇더군. 탄화수소 용해에 성공한 뒤 나는 사건으로 돌아가서 지금까지 있었던 일들을 다시 한번 생각해보았다네. 탐정단 아이들이 강을 오르내리며 찾아다녔지만 성과가 없었지. 그 증기선은 정박지나 선착장에도 없고 원래 있던 곳으로 돌아가지도 않았어. 그렇다고 흔적을 숨기기 위해 배를 가라앉히진 않았을 걸세. 다른 모든 가정이 틀렸을 경우에 대비해 그 전제도 완전히 배제할 순 없지만 말이지. 나는 스몰이라는 남자가 잔머리는 꽤 굴리지만 세심하고 수완이 뛰어난 인물은 아니라고 추측했네. 보통 그런 건 고등교육을 받은 사람만이 가질 수 있는 능력이지. 그래서 그자가 한동안 런던에 거처를 두고 지냈을 거라고 생각하게 되었다네. 퐁디셰리 로지를 예의 주시하고 있었다는 증거도 있고. 스몰이 곧장 런던을 떠나지는 못했을 거야. 하루 정도 주변을 정리할 시간이 필요했을 테니까. 지금까지의 증거를 고려하면 그래."

"그건 좀 이상한걸. 그자가 범행을 저지르기 전에 신변 정리를 했을 가능성이 더 높지 않은가."

"아니, 난 그렇게 생각하지 않네. 만일의 사태를 대비해 은신처가 없어도 된다는 확신이 들기 전까지 그자는 그곳을 포기하지 않았을 거야. 두 번째로 고려해야 할 사항이 있다네. 조너선 스몰은 공범의 외모가 워낙 특이하기 때문에 변장을 해도 다른 사람들의 이목을 끌게 될 것이고 그러면 자칫 어퍼노우드 비극과 연관 지어질 가능성도 있다고 생각했을 게 분명해. 그런 점까지 계산에 넣을 만큼은 날카로우니까. 그래서 그들은 날이 완전히 어두워진 뒤에 은신처에서 나와 날이 완전히 밝기 전에 돌아갈 생각이었을 걸세. 그런데 스미스 부인은 그들이 배를 탄 시간은 새벽 3시가 지났을 무렵이라고 했네. 그때쯤이면 그리 깜깜하지도 않은데다 한 시간 정도 지나면 사람들이 나오기 시작할 시간이지. 그렇기 때문에 그들이 멀리 가진 않았을 거라고 생각한 걸세. 범인들은 스미스의 입을 막기 위해 충분한 보상을 한 뒤, 마지막 도주를 위해 증기선을 어딘가에 숨겨놓은 거지. 그리고 보물 상자와 함께 은신처에 숨은 걸세. 지난 이틀간 신문을 보면서 혹시라도 자신들이 혐의를 받고 있는 건 아닌지 수사는 어떻게 진행되고 있는지 살폈겠지. 어두워지면 범인들은 그레이브젠드나 다운스에서 배를 탈 생각일 거야. 아메리카 같은 식민지로 갈 준비를 진작 마쳤을 걸세."

"그럼 증기선은 어디에 둔 거지? 배를 은신처로 가져가진 못했을 것 아닌가?"

"그랬겠지. 아직까지 찾진 못했지만 틀림없이 여기서 가까운 곳에 있을 거야. 그래서 난 스몰의 입장에서, 그런 능력을 가진 남자의 입장에서 이 상황을 생각해봤네. 그자는 증기선을 돌려보내거나 어딘가 찾기 쉬운 선착장에 놔둔다면 경찰에게 추적당할지도 모른다고 생각했을 거야. 그렇다면 증기선을 숨기고 필요할 때 바로 쓸 수 있는 방법이 뭘까? 스몰과 같은 입장이라면 어떻게 할 것인지 생각했어. 한 가지 방법밖에 없더군. 증기선을 선박 건조인이나 수선공에게 맡기는 거지. 굳이 할 필요도 없는 수리를 부탁하면서 말이야. 그렇게 하면 증기선은 선박 보관소나 조선소로 옮겨질 테고 효율적으로 숨길 수 있지. 필요할 때는 바로 찾을 수도 있고."

"그렇게 들으니 아주 간단하군."

"원래 간단한 일들을 간과하기 쉬운 법이지. 어쨌든 나는 그런 생각에 초점을 두고 수사를 진행하기로 결심했네. 그래서 뱃사람으로 변장하고 강가에 있는 조선소를 뒤지기 시작했어. 열다섯 번째까지 허탕을 치고 열여섯 번째로 찾아간 조선소, 그러니까 제이컵슨 조선소에서 오로라호를 찾을 수 있었다네. 이틀 전 의족을 한 남자가 찾아와 배의 키 부분을 봐달라고 했다더군.

'그 배의 키에는 아무 문제가 없었어요. 저기 보이죠? 빨간 선이 칠해진 배가 바로 그 배예요.'

현장감독이 말하더군. 바로 그때 실종됐던 선주 모디카이 스미스가 나타났지. 술에 많이 취한 것처럼 보였어. 물론 나야 그 사람이 누군지 몰랐지. 자기 배 이름과 자기 이름을 큰 소리로 외쳐대는 통에 알게 된 거라네.

'오늘밤 8시에 배를 찾아갈 거요! 8시 정각, 잊지 마오! 두 신사분을 기다리게 하면 안 되니까.'

범인들이 스미스에게 보수를 두둑하게 챙겨준 모양인지 돈을 잔뜩 꺼내 조선소 직원들에게 뿌리더군. 어느 정도 거리를 두고 스미스를 미행했는데 그자는 술집으로 들어갔네. 나는 다시 조선소로 돌아가다가 우연히 만난 탐정단 아이에게 오로라호를 지켜보고 있으라고 했지. 그 아이가 물가에 서 있다가 오로라호가 출발하면 손수건을 흔들어 신호를 보낼 걸세. 그때까지 약간 떨어진 곳에 정박하고 기다려야지. 이렇게까지 했는데도 범인들과 보물을 찾지 못한다면 그게 더 이상한 일일 거야."

"그자들이 범인인지 아닌지는 모르겠지만 선생의 계획만큼은 빈틈이 없는 것 같군요. 하지만 나라면 제이컵슨 조선소에 경찰 병력을 배치하고 그자들이 모습을 드러내자마자 체포했을 겁니다."

존스가 말했다.

"그렇게 되진 않을걸요. 스몰이란 자는 용의주도합니다. 먼저 다른 사람을 시켜 정찰을 한 뒤 조금이라도 의심스러운 점이 있으면 꼼짝도 하지 않고 일주일 정도는 은신처에 계속 숨어 있을 겁니다."

"자네가 모디카이 스미스를 계속 따라갔다면 그들의 은신처를 알아내지 않았을까?"

내가 물었다.

"그랬다면 하루를 완전히 날려버렸겠지. 게다가 스미스가 범인들의 은신처를 알고 있을 확률은 100분의 1이라네. 스미스야

원하는 만큼 술을 마시게 해주고 거기에 돈만 많이 주면 그만인데, 그자들이 어디에 살고 있는지 알 필요가 있겠나? 범인들은 스미스에게 지시만 내렸을 거야. 모든 가능성을 따져본 결과 이게 최선이었네."

대화를 나누는 동안 우리는 템스 강의 수많은 다리들을 쏜살같이 지나쳐갔다. 석양이 세인트 폴 대성당 꼭대기에 있는 십자가를 금빛으로 물들일 때 도심을 지났다. 우리는 해가 저문 뒤에야 런던탑에 도착했다.

"저기가 제이컵슨 조선소요."

홈스가 서리 방향을 가리키자 뱃기구들이 여럿 보였다.

"눈에 띄지 않게 거룻배들 사이로 들어가요. 배를 천천히 몰아야 합니다."

홈스는 주머니에서 야간용 쌍안경을 꺼내 강가를 한참 동안 쳐다보았다.

"망을 보라고 했던 아이가 저기 보이는군. 아직까지는 손수건을 흔들지 않고 있어."

"지름길을 통해 하류로 먼저 내려가서 기다리는 건 어떨까요?"

존스가 적극적으로 제안했다.

그때는 우리 모두가 적극적이었다. 심지어 이게 무슨 일인지

영문을 모르는 경관들과 배를 모는 선원들까지 그랬다.

"지금 상황에서는 어떤 것도 장담할 수 없습니다. 그들이 십중팔구는 하류로 갈 거라고 생각하지만 확신할 수 없어요. 이 지점에 있으면 우리는 조선소의 입구를 볼 수 있고 저쪽에서는 우리가 잘 보이지 않을 겁니다. 오늘밤은 구름 한 점 없으니 달빛이 환하겠군요. 이 자리를 지켜야 합니다. 저쪽 가스등 아래 모여 있는 사람들이 보이는군요."

"조선소에서 나온 사람들인 것 같네."

"지저분한 행색을 보아 하층민 같군. 난 모든 사람들이 마음속에 꺼지지 않는 불꽃을 숨기고 있을 거라고 생각하네. 사람을 겉모습만 보고 판단하면 안 되지. 그 안에 무엇을 품고 있을지는 전혀 알 수 없어. 인간이란 불가사의한 존재니까!"

"누군가 인간을 영혼이 깃든 동물이라고 불렀지."

내 말에 홈스가 덧붙여 말했다.

"윈우드 리드가 그 주제에 관해 잘 설명했지. 개인은 풀 수 없는 수수께끼나 마찬가지지만 집단은 수학적으로 답이 분명한 대상이라고 말이야. 즉, 개인의 행동은 예측할 수 없지만 집단은 어떻게 움직이는지 확실하게 말할 수 있네. 각양각색의 개인에게도 일정한 경향은 있다는 거지. 그게 바로 통계라네. 그건 그렇고 저쪽에 보이는 게 손수건인가? 뭔가 펄럭거리는 하얀

게 보이는데.”

“맞아, 탐정단 아이로군. 똑똑히 보이네.”

“바로 저기 오로라호가 믿을 수 없이 빠르게 지나가고 있어! 전속력으로 달립시다, 기관사. 노란 등을 단 증기선을 따라가야 합니다. 저 배를 놓친다면 나 자신을 절대 용서하지 못할 거야!”

홈스가 외쳤다.

오로라호는 눈에 띄지 않게 천천히 조선소 입구를 나온 뒤 작은 배 두세 척을 지나쳤다. 못 본 사이에 이미 속도를 올린 배는 이제 선체를 강가 쪽에 붙인 채 물살을 가르며 엄청난 속도로 달리고 있었다. 존스는 오로라호를 보자 정색을 하며 고개를 내저었다.

“너무 빨라요. 따라잡을 수 있을지 모르겠습니다.”

“반드시 잡을 거요!”

홈스가 이를 악물고 외쳤다.

“화부! 석탄을 집어넣으시오! 전속력으로 달리는 겁니다! 배를 불태워서라도 저들을 따라잡아야 합니다!”

우리는 오로라호를 바짝 쫓았다. 화구는 활활 타오르고 거대한 금속 심장 같은 강력한 증기기관이 윙윙 돌아가며 연신 철컥거렸다. 뾰족한 뱃머리가 잔잔한 강물을 가로지르자 좌우에서 물결이 일렁였다. 배가 살아 있는 것처럼 증기기관들이 진동할 때마다 우리 몸도 이리저리 흔들리고 위아래로 들썩였다. 뱃머리에 걸린 커다란 노란색 등불이 깜박거리며 제법 멀리까지 앞을 비췄다. 바로 앞쪽에 보이는 시커먼 형체가 오로라호였다. 달리는 속도를 말해주는 듯 오로라호 뒤로 하얗게 물보라가 일어나고 있었다. 우리는 강을 오고가는 너벅선, 증기선, 상선 들을 이리저리 피해가며 순식간에 지나쳤다. 어둠 속에서 우리를 향해 환호성이 쏟아졌다. 하지만 오로라호는 여전히 무서울 정도로 빠르게 달렸다. 우리도 계속해서 뒤를 바짝 쫓았다.

"석탄을 계속 넣어요, 어서! 증기가 쉴 새 없이 뿜어져 나오도록!"

홈스가 아래쪽에 있는 기관실을 보며 외쳤다. 무섭게 타오르는 불빛이 그의 날카로운 얼굴을 비추었다.

"이제 어느 정도 따라잡은 것 같군요."

존스가 오로라호에서 시선을 떼지 않고 말했다.

"정말 그렇군요. 이제 곧 따라잡겠습니다."

내가 말했다.

하지만 바로 그 순간 불운하게도 너벅선 세 대를 끌고 가는 예인선이 우리 사이를 가로막았다. 간신히 방향을 틀어 충돌을 피한 뒤, 예인선의 뒤를 돌아 본래 속도를 되찾았을 때는 또다시 오로라호와의 간격이 이백 미터 넘게 벌어져 있었다. 그래도 오로라호의 모습이 잘 보였다. 어둑어둑하고 어스름하던 황혼빛이 사라지고 밝은 별빛과 함께 시야가 뚜렷해졌다. 화부들이 열심히 집어넣은 석탄이 순식간에 달아올라 바르르 떨며 갈라지면서 우리 배가 무서운 속도로 달리기 시작했다. 풀 수역을 통과하고 웨스트 인디아 독스를 지나 긴 뎃퍼드 수역을 따라 내려갔다. 그리고 아일오브독스 섬을 돌아 다시 올라가기 시작했다. 계속 앞에서 흐릿하게만 보이던 오로라호가 뚜렷하게 모습을 드러냈다. 존스가 오로라호를 향해 탐조등을 비추자 갑판에 선 사람들의 모습까지 똑똑히 보였다. 한 남자가 선미에 앉아 있었다. 무릎 사이에 놓인 검은 물건 위로 몸을 숙인 채였다. 그 옆으로는 뉴펀들랜드종 개처럼 보이는 시꺼먼 형체가 있었다. 웬 소년이 방향키를 잡고 있었고 윗도리를 벗은 모디카이 스미스가 활활 타오르는 화구에 석탄을 집어넣고 있었다. 처음에는 우리가 자기들을 쫓아오는 건지 확신이 없었던 모양이지만 이리 돌고 저리 돌아도 계속 따라붙자 확실하게 깨달은 것 같았다. 그리니치에 이르렀을 때 우리 배와 오로라호의 간격은 삼백 미터 정도였다. 블랙월을 지날 때까지만 해도 이백오십 미터 이하로는 줄어들지 않았다. 이제껏 파란만장한 인생을 살았던 나는 수많은 나라에서 온갖 동물들을 사냥하기 위해 쫓아다녀보았지만, 템스 강을 엄청난 속도로 달리며 범인을 추격하는 지금처럼 짜릿한 흥분을 느껴본 적이 없었다. 우리는 끈질기게 범인들의 뒤를 쫓아가며 거리를 조금씩 줄였다. 밤의 적막 속에 숨가쁘게 증기를 뿜으며 덜컥거리는 오로라호의 기관 소리가 들렸다. 선미에 앉은 남자는 여전히 갑판 쪽으로 몸을 숙인 채 양팔을 분주히 움직였다. 그러다가 우리와의 간격을 확인하는 것처럼 이따금씩 고개를 들었다. 우리는 점점 더 오로라호와 가까워졌다. 존스가 범인들을 향해 배를 세우라고 소리쳤다. 양쪽 모두 엄청난 속도로 달리는 와중에 우리는 어느덧 오로라호로부터 배 네 척 거리 안에 들어가 있었다. 강 유역이 선명하게 보이기 시작했다. 한쪽에는 바킹 평지, 반대편에는 음침한 플럼스테드 습지대가 나타났다. 배를 세우라는 소리를 들었는지 선미에 앉아 있던 남자가 벌떡 일어나 주먹을 불끈 쥐고 우리를 향해 흔들며 높고 갈라지는 목소리로 욕을 퍼부었다. 그는 몸집이 좋고 힘이 넘쳐 보였다. 두 다리를 쫙 벌리고 선 남자의 오른쪽 허벅지 아래로 의족이 달려 있었다. 화가 잔뜩 난 남자가 귀에 거슬리는 목소리로 외치자 갑판 위에 웅크리고 있던 형체가 꿈틀거리면서 몸을 일으켰다. 알고 보니 조그맣고 피부가 검은 남자였다. 내가 본 중에 가장 작은 사람이었다. 커다랗고 보기 싫은 얼굴 위로 곱슬곱슬한 머리카락이 심하게 헝클어져 있었다. 홈스는 이미 권총을 꺼내 들었고 나도 기형적인 외모의 안다만

제도 원주민을 보자마자 권총을 꺼냈다. 검은색 외투인지 담요로 몸을 감싸 얼굴만 보였지만 그것만으로도 보는 사람을 공포에 떨게 만들기에 충분했다. 이제껏 나는 그토록 잔인하고 무자비해 보이는 얼굴은 처음 보았다. 그는 작은 눈을 사악하게 빛내면서 두툼한 입술을 크게 벌려 이를 드러내고 흥분한 짐승처럼 으르렁거리고 있었다.

"저자가 손을 올리면 그대로 발포하게."

홈스가 나지막이 말했다.

우리 배는 오로라호에 배 한 척 거리로 다가갔다. 손을 내밀면 닿을 정도였다. 이제 범인들의 모습이 똑똑히 보였다. 우리 배에서 비추는 불빛 속에서 두 다리를 벌리고 선 백인은 큰 소리로 욕을 퍼붓고 있었고 흉측한 얼굴의 난쟁이는 누런 이를 으드득 갈고 있었다.

별빛이 밝고 시야가 트여 있어서 다행이었다. 난쟁이가 뒤집어쓰고 있던 덮개 속에서 학교에서 쓰는 자처럼 보이는 짧고 둥근 대롱을 꺼내더니 입술로 가져갔다. 홈스와 나는 동시에 총을 발사했다. 난쟁이는 팔을 툭 떨어뜨리고는 빙그르 돌다가 숨이 막힌 듯 기침을 하며 강으로 떨어졌다. 하얀 물거품 속으로 빨려 들어가기 전 원한을 품은 그자의 무시무시한 눈빛이 얼핏 보였다. 그와 동시에 의족을 한 남자가 키가 있는 쪽으로 달려가더니 키를 잡고 한쪽으로 힘껏 돌렸다. 오로라호를 남쪽 강기슭으로 몰고 갈 생각인 것 같았다. 방향을 튼 오로라호를 지나치는 바람에 순식간에 다시 몇 미터의 간격이 벌어졌다. 즉시 배를 돌려 쫓아갔지만 오로라호는 벌써 강기슭에 다다랐다. 달빛이 황량하고 적막한 드넓은 습지대를 비추고 있었다. 물이 고인 곳마다 썩은 초목들이 가득했다. 오로라호가 둔탁한 소리와 함께 진흙 바닥에 부딪히면서 선수는 허공에 들리고 선미는 물속에 잠겼다. 남자는 배 밖으로 뛰어내렸지만 의족이 진창에 박혔다. 의족을 빼내기 위해 갖은 애를 쓰며 몸부림쳐도 허사여서 그는 앞으로든 뒤로든 단 한 발자국도 움직일 수 없었다. 무기력한 상황에 격노한 그는 괴성을 지르며 다른 쪽 발로 진흙을 마구 걷어차기 시작했지만, 몸부림치면 칠수록 의족은 점점 더 진창 깊숙이 박혔다. 우리가 도착했을 때 그자는 꼼짝도 못하는 상황이었다. 그의 몸 위쪽으로 밧줄 한쪽 끝을 던져주었다. 그가 밧줄을 잡자 우리는 못된 물고기를 잡는 것처럼 그자를 끌어올렸다. 스미스 부자는 오로라호에 시무룩하게 앉아 있다가 지시를 받고 순순히 우리 배로 옮겨 탔다. 우리는 오로라호를 끌어 우리 배의 선미에 연결시켰다. 오로라호의 갑판 위에는 인도의 장인이 만든 철제 상자가 놓여 있었다. 말할 것도 없이 퐁디셰리 로지에서 사라진 저주받은 보물 상자였다. 열쇠가 없어서 열어볼 수는 없었지만 제법 묵직했다. 우리는 상자를 조심스럽게 경찰선의 선실로 옮겼다. 그런 뒤 천천히 상류 쪽으로 올라가면서 탐조등으로 사방을 살펴보았지만 안다만제도 원주민의 흔적은 보이지 않았다. 템스 강의 컴컴한 바닥 어딘가에 영국을 찾아왔던 기이한 방문객의 뼈가 묻혀 있을 것이다.

"저길 보게."

홈스가 나무 해치를 가리키며 말했다.

"우리가 총을 조금만 늦게 발사했어도 큰일날 뻔했어."

정말이었다. 조금 전 우리가 서 있던 갑판 뒤쪽에 익히 아는 살인 무기가 꽂혀 있었다. 총을 쏜 순간 독침이 우리 사이로 날아왔던 것이 분명했다. 홈스는 아무 일도 아니라는 듯 미소 지으며 어깨를 으쓱했지만 나는 그날 밤 까딱 잘못했으면 끔찍하게 목숨을 잃을 수도 있었다는 생각에 속이 울렁거렸다.

아그라 보물

11.

우리가 잡은 범인은 그토록 오랜 시간 손에 넣기 위해 갖은 노력을 했던 철제 상자를 눈앞에 둔 채 선실 안에 앉아 있었다. 햇볕에 잔뜩 탄 피부에 험악한 눈빛을 가진 남자의 적갈색 얼굴에는 온통 주름이 가득했다. 고된 야외 생활 때문인 것 같았다. 수염이 덥수룩하고 눈에 두드러지게 튀어나온 턱이 그가 목표를 쉽게 포기하지 않는 사람일 거라는 인상을 주었다. 곱슬거리는 검은 머리에 흰머리가 무성한 걸 보니 오십 대로 보였다. 그의 짙은 눈썹과 공격적으로 튀어나온 턱이 화가 나면 얼마나 끔찍하게 보이는지 조금 전에 보았건만 휴식을 취하고 있는 지금은 전혀 험악해 보이지 않았다. 그는 수갑을 찬 손을 무릎에 올려놓고 고개를 푹 숙이고 앉아 날카롭고 반짝거리는 눈으로 모든 악행의 원흉인 상자를 쳐다보고 있었다. 냉정해 보이는 잔뜩 굳은 얼굴에서는 분노보다 슬픔이 느껴졌다. 한번은 고개를 들어 재미있다는 눈빛으로 나를 쳐다보기도 했다.

"조너선 스몰 씨, 일이 이렇게 돼서 유감입니다."

홈스가 시가에 불을 붙이며 말했다.

"나도 마찬가지야. 이번 일은 내가 교수형을 당할 일이 아니기도 하고. 맹세컨대 바살러뮤 숄토를 죽인 건 내가 아니니까. 작은 지옥의 개, 통가가 저주받을 독침을 쏘아 죽인 거지. 그 사건과 나는 아무 관계가 없어. 오히려 혈육이 죽은 것처럼 통탄스러웠지. 그래서 채찍으로 작은 악마를 때리기까지 했지만 이미 벌어진 일은 어떻게 해도 돌이킬 수가 없더군."

그가 솔직하게 대답했다.

"시가 한 대 하시죠. 몸이 흠뻑 젖었으니 위스키 한 모금 쭉 들이켜는 게 좋을 겁니다. 그런데 당신이 줄을 타고 올라오는 동안 몸집이 작고 힘도 없어 보이는 녀석이 어떻게 바살러뮤 숄토 씨를 제압할 수 있었던 겁니까?"

"선생은 그 자리에 있었던 것처럼 모든 걸 아는군. 사실 나는 방을 샅샅이 뒤지려던 참이었어. 집안 사정을 잘 알아서 그 시각이면 바살러뮤 숄토가 저녁 식사를 하러 아래층으로 내려간다는 것을 알고 있었거든. 살인 사건에 관해 무엇이든 숨길 생각은 없어. 최선의 변호는 진실을 말하는 것이니까. 그곳에 늙은 소령이 있었다면 그자를 죽이고 가벼운 마음으로 교수형을 당했을 거야. 이렇게 시가를 피우는 것보다 소령을 칼로 찔러 죽이는 게 더 쉬운 일이었을걸. 하지만 소령의 아들과는 싸울 생각도 없었고 원한 같은 것도 없었어."

"당신을 체포한 사람은 런던 경찰청의 애설니 존스 형사입니다. 형사가 당신을 우리집으로 데리고 갈 겁니다. 거기서 이번 사건의 진상에 대해 말해주십시오. 아무것도 숨기지 말아야 합니다. 그래야 어떤 식으로든 당신을 도울 수 있습니다. 당신이 방에 들어가기 전에 독이 퍼져 바살러뮤 숄토가 죽어 있었다는 사실도 입증할 수 있을 겁니다."

"정말 그랬지. 창문으로 방에 들어갔을 때 그는 얼굴에 이상한 미소를 지은 채 고개를 옆으로 떨어뜨리고 죽어 있더군. 내 평생 그런 광경은 처음 봤어. 충격이었지. 통가가 재빨리 도망치지 않았더라면 녀석을 반쯤 죽여놨을 거야. 통가는 그때 도망치느라 돌을 매단 막대기와 독침을 떨어뜨렸다고 하더군. 우리 뒤를 쫓는 데 그 물건들이 도움이 되었겠지. 물론 그 물건들만으로 어떻게 다른 일들까지 알아낼 수 있었는지는 모르겠지만. 이렇게 됐다고 선생한테 악감정을 품지야 않겠지만 얄궂은 일이로군."

그가 씁쓸한 미소를 지으며 말을 이었다.

"오십만 파운드에 대한 정당한 권리를 가지고 있으면서도 반평생 동안 안다만제도의 방파제를 쌓았는데 남은 반평생은 다트무어의 배수로를 파는 일을 하게 생겼으니 말이야. 아크메트라는 상인과 처음 만나고 아그라 보물과 얽힌 그날이 내 인생에서 최악의 날이었던 것 같군. 보물을 손에 넣었던 사람들은 모두 저주를 받았으니까. 아크메트는 살해당했고, 숄토 소령은 두려움과 죄책감에 평생 시달려야 했지. 나는 남은 생을 감옥에서 보내게 됐고."

때마침 애설니 존스가 커다란 얼굴과 넓은 어깨를 좁은 선실 안으로 들이밀었다.

"가족적인 분위기로군요. 위스키는 나도 한 모금 해야겠습니다. 홈스 선생, 우리 같이 축하해야 하지 않겠습니까. 안타깝게도 공범이 죽긴 했지만 어쩔 수 없는 일이죠. 선생 덕분에 사건이 무사히 해결됐습니다. 우리가 한 일은 그저 오로라호를 따라잡은 것밖에 없지만요."

"끝이 좋으면 다 좋은 거죠. 오로라호가 그 정도로 빠를 줄은 몰랐습니다."

홈스가 말했다.

"스미스 말로는 오로라호가 이 강에서 가장 빠른 증기선이라더군요. 기관실에 조수만 있었어도 이번처럼 따라잡히는 일은 절대 없을 거랍니다. 그리고 자기는 노우드 사건에 대해서는 아무것도 모른다고 했습니다."

"그자는 아무것도 몰라!"

체포된 남자가 소리쳤다.

"정말이야. 배가 빠르다는 소리를 듣고 스미스를 찾아갔던 것뿐이니. 그자에게는 아무 말도 하지 않았어. 보수를 넉넉하게 챙겨주고 우리가 브라질로 출발하는 에스메랄다호를 탈 수 있게 그레이브젠드까지 데려다주면 사례를 더 하겠다고 했을 뿐이야."

"뭐, 그자가 잘못한 일이 없다면 아무 일도 없을 겁니다. 우린 범인을 잡는 일은 속전속결로 처리하지만 죄를 묻는 일에는 충분히 시간을 들입니다."

웃기게도 존스는 범인을 체포했다고 벌써 거들먹거리기 시작했다. 셜록 홈스의 얼굴에 번지기 시작한 미소를 보고 내 친구는 그런 말에 전혀 신경쓰지 않는다는 것을 알 수 있었다.

"조금 있으면 벅스홀 브리지를 지나갑니다. 그곳에서 보물상자와 함께 박사를 내려주겠습니다. 무슨 일이 생기면 전부 내 책임이라는 건 말할 필요도 없을 겁니다. 정말 규정에 어긋나는 일이지만 어쨌든 약속은 약속이죠. 하지만 입장상 경위를 함께 보낼 수밖에 없습니다. 박사가 사건에서 가장 중요한 증거물을 가져가는 셈이니까요. 마차를 타고 갈 생각이죠?"

존스 형사가 말했다.

"그럴 겁니다."

"안타깝게도 상자의 열쇠가 없어서 당장 조사를 할 수가 없군요. 그곳에 도착하면 박사가 자물쇠를 부숴야 합니다. 이봐, 열쇠는 어디 있지?"

"강바닥."

스몰이 짧게 대답했다.

"흥! 쓸데없는 문제는 일으키지 않는 게 좋을 거야. 안 그래도 당신을 붙잡느라 일이 많았으니까. 왓슨 박사, 조심하라는 말은 따로 하지 않겠습니다. 일이 끝나면 상자를 베이커 스트리트의 하숙집으로 가져오십시오. 나도 일단 그곳에 들렀다가 경찰서로 갈 생각이니까."

나는 무거운 보물 상자를 들고, 동행하기로 한 상냥하고 친절한 경위와 함께 벅스홀에서 내렸다. 마차를 타고 십오 분쯤 달리자 세실 포레스터 부인의 집에 도착했다. 늦은 시각에 손님이 찾아와 하녀가 깜짝 놀랐다. 하녀는 세실 포레스터 부인은 저녁에 외출해서 늦게야 돌아올 예정이지만 모스턴 양은 거실에 있다고 알려주었다. 나는 상자를 들고 거실로 들어갔다. 친절한 경관은 마차에서 기다려주기로 했다.

그녀는 열린 창문 옆의 고리버들 의자에 앉아 있었다. 목과 허리 부분이 진홍색인 얇은 소재의 하얀 드레스 차림이었다. 갓을 씌운 등에서 새어 나오는 부드러운 불빛이 사랑스러우면서도 의젓한 얼굴과 틀어 올린 풍성한 머리카락을 금속성의 광채를 띤 은은한 빛으로 물들여놓았다. 의자 한쪽에 하얀 팔과 손을 얹고 앉은 모습이 그녀가 깊은 감상에 빠져 있다는 것을 말해주고 있었다. 내 발소리에 그녀는 자리에서 벌떡 일어났다. 나를 보자 깜짝 놀라더니 얼굴을 붉히며 기뻐했다.

"마차 소리를 들었어요. 포레스터 부인이 예정보다 일찍 돌아오신 줄 알았는데 박사님이 오셨을 줄은 꿈에도 몰랐어요. 무슨 소식이라도 있나요?"

"소식보다 더 좋은 걸 가져왔습니다."

나는 상자를 탁자 위에 내려놓았다. 마음은 무거웠지만 애써 명랑하고 활기 넘치는 목소리로 말했다.

"이 세상의 어떤 소식도 이만한 가치를 지닌 건 없을 겁니다. 모스턴 양이 받을 재산입니다."

그녀는 철제 상자를 흘깃 쳐다보았다.

"이게 그 보물인가요?"

모스턴 양이 차분하게 물었다.

"네. 이게 바로 그 대단한 아그라 보물입니다. 절반은 모스턴 양의 것이고 나머지 절반은 새디어스 숄토 씨의 것이죠. 각각 이십만 파운드씩은 받을 겁니다. 생각해봐요! 연 수입이 일만 파운드입니다. 영국에서 손꼽히게 부유한 아가씨가 되는 겁니다. 정말 기쁘지 않습니까?"

나는 기쁨을 좀더 열의를 담아 표현했어야만 했다. 모스턴 양은 축하의 말이 공허하다는 것을 알아차렸는지 눈썹을 살짝 치켜 올리더니 호기심 어린 시선으로 쳐다보았다.

"만일 그렇게 된다면 박사님 덕분이에요."

"아니, 그렇지 않습니다. 제가 아니라 친구인 셜록 홈스 덕분이죠. 이번 일에서 제가 알아낸 것은 아무것도 없었습니다. 천재적인 추리력을 가진 홈스에게도 쉽지 않았던 사건이었어요. 마지막까지 정말 힘들었답니다."

"여기 앉아서 그동안 무슨 일이 있었는지 말씀해주세요, 왓슨 박사님."

나는 지난번 그녀를 만나고 난 뒤로 있었던 일들을 간략하게 설명해주었다. 홈스의 새로운 수색 방법, 오로라호의 발견, 애설니 존스의 등장, 그날 저녁의 모험, 템스 강에서 벌어졌던 숨가쁜 추격전까지. 모스턴 양은 입을 반쯤 벌린 채 눈을 반짝거리며 우리의 모험담을 들었다. 독침이 우리 옆을 아슬아슬하게 빗나갔다는 이야기를 하자 모스턴 양의 안색이 무섭게 창백해져 기절이라도 할까 걱정스러웠다.

"괜찮아요. 괜찮아졌어요. 저 때문에 두 분이 그런 무서운 일을 겪으셨다고 생각하니 놀라서 그랬답니다."

내가 급히 물을 따라주자 그녀가 말했다.

"이제 끝난 일인걸요. 무사합니다. 더이상 이런 우울한 이야기는 하지 말아야겠습니다. 좀더 기분 좋은 이야기를 합시다. 여기 보물이 있어요. 이것보다 더 기분 좋은 일이 어디 있습니까? 상자를 다시 경찰에 보내야 하지만 당신에게 제일 먼저 보여주고 싶어서 가져왔습니다."

"무척 보고 싶네요."

모스턴 양이 말했다. 하지만 목소리에 열의는 없었다. 살면서 이 보물 때문에 치른 대가를 생각해보면 그리 달갑지 않을 수도 있을 것이다.

"정말 예쁜 상자네요!"

모스턴 양이 몸을 숙여 상자를 들여다보며 말했다.

"인도에서 만든 건가 봐요, 그렇죠?"

"네. 베나레스에서 만든 금속 세공품이죠."

"정말 무거워요! 상자 자체도 귀한 물건일 거예요. 그런데 열쇠는 어디 있나요?"

그녀가 상자를 들어보며 감탄했다.

"스몰이 템스 강에 던져버렸습니다. 아무래도 포레스터 부인 댁의 부지깽이를 빌려야겠군요."

상자에 달린 두껍고 큰 걸쇠에는 부처의 좌상이 새겨져 있었다. 나는 부지깽이 끝을 걸쇠 사이로 밀어넣은 뒤, 비틀면서 지렛대처럼 바깥쪽으로 잡아당겼다. 큰 소리와 함께 자물쇠가 떨어졌다. 나는 떨리는 손으로 상자 뚜껑을 열었다. 안을 들여다본 우리는 깜짝 놀라 멍하니 서로를 쳐다보았다. 상자는 텅 비어 있었다!

상자가 무거운 것도 이상하지 않았다. 두께가 이 센티미터에 가까운 철로 만들어진데다 크기도 컸기 때문이다. 귀중품을 보관하는 금고처럼 튼튼하게 만들어진 상자였다. 하지만 그 안에는 보석은커녕 금속 조각이나 부스러기조차 들어 있지 않았다. 완전히 텅텅 비어 있었다.

"보물이 사라졌네요."

모스턴 양이 차분하게 말했다.

그 말의 의미를 알아차린 순간, 나는 영혼에 드리웠던 거대한 그림자가 사라지는 것을 느꼈다. 아그라의 보물이 사라진 뒤에야 내가 얼마나 그것에 무겁게 억눌려 있었는지를 깨달았다. 분명히 이기적이고 도의에 어긋난 나쁜 생각이지만 이제껏 우리 사이를 가로막고 있는 황금의 장벽이 사라진 것이었다.

"하느님, 감사합니다!"

마음속에서 저절로 우러나온 말이었다.

모스턴 양은 의아한 듯 나를 보며 미소를 지었다.

"왜 그런 말을 하세요?"

그녀가 물었다.

"다시 당신 손을 잡을 수 있게 됐으니까요."

나는 그녀의 손을 잡으며 말했다. 모스턴 양은 거부하지 않았다.

"메리, 전 당신을 사랑합니다. 세상 어느 누구보다 진심으로 말이에요. 보물 때문에, 당신의 재산 때문에 그동안 말하지 못했죠. 이제 보물이 사라졌으니 당신을 사랑한다고 말할 수 있게 됐어요. 그래서 '하느님, 감사합니다'라고 말한 겁니다."

"그럼 저도 '하느님, 감사합니다'라고 말해야겠네요."

그녀가 속삭였다. 나는 그녀를 끌어안았다.

그날 밤 누군가는 보물을 잃었지만 나는 보물을 얻었다.

조너선 스몰의 이상한 이야기

12.

마차에서 기다린 경위는 인내심이 강한 사람이었다. 내가 기다리기 지겨울 정도로 시간이 한참 지난 다음에 돌아갔는데도 별말을 하지 않았기 때문이다. 빈 상자를 보여주자 경위의 표정이 어두워졌다.

"상여금이 날아갔네요! 보물이 없으니 상여금을 받지 못하겠습니다. 샘 브라운과 나는 보물이 있을 경우 야간 근무의 대가로 십 파운드씩 받기로 되어 있었는데."

경위가 우울하게 말했다.

"새디어스 숄토 씨는 부자예요. 보물이 없어도 상여금을 줄 겁니다."

내가 말했다.

하지만 경위는 여전히 풀이 죽은 채 고개를 저으며 대답했다.

"난처하게 됐어요. 애설니 존스 형사님도 저랑 같은 생각일 겁니다."

경위가 예상했던 대로였다. 베이커 스트리트로 돌아가 텅 빈 상자를 보여주자 애설니 존스는 아연한 표정을 지었다. 그들도 도착한 지 얼마 되지 않았다고 했다. 홈스와 범인, 그리고 형사는 계획을 변경해 먼저 경찰청에 들러 보고를 하고 온 길이었다. 내 친구는 여느 때처럼 무표정한 얼굴로 안락의자에 몸을 눕히고 있었다. 스몰은 의족을 성한 왼쪽 다리 위에 올린 채 홈스의 맞은편 자리에 앉아 있었다. 텅 빈 상자를 보여주자 홈스는 의자에 몸을 기대앉으며 큰 소리로 웃었다.

"스몰, 네놈 짓이지."

애설니 존스가 화를 내며 말했다.

"그래. 아무도 찾지 못할 곳에 숨겼다."

스몰이 의기양양하게 말했다.

"보물은 내 거야. 내가 가질 수 없으니 다른 사람들 손에도 넘어가지 않도록 굉장한 곳에 숨겼지. 분명히 말해두는데 산 사람 중 보물을 가질 권리가 있는 사람은 안다만제도의 죄수 막사에 있는 세 명의 동지들과 나뿐이다. 우리가 보물을 가질 수 없게 됐으니, 보물을 숨기는 건 우리 모두를 위한 일이지. 나는 항상 우리 네 사람이 서명한 각서를 가지고 다녔어. 그 친구들도 이런 상황이었다면 나처럼 행동했겠지. 보물을 숄토나 모스턴의 일가친척 손에 넘기느니 차라리 템스 강에 던져버리는 게 나으니까. 그자들을 부자로 만들어주려고 우리가 아크메트에게 그런 짓을 저지른 게 아니야. 통가가 있는 자리, 열쇠가 있는 자리에 보물이 있다. 당신들이 우리를 따라잡을 걸 깨달은 순간, 보물을 안전한 곳에 버렸어. 아무리 찾아봤자 단 일 루피도 건지지 못할 거다."

"거짓말하지 마! 보물을 템스 강에 버릴 거였다면 상자째 버리는 게 더 쉬웠을 텐데."

존스가 정색을 하고 말했다.

"쉬운 곳에 두면 찾기도 쉬운 법이지."

스몰이 교활하게 곁눈질을 하며 말했다.

"나를 붙잡을 정도로 영리한 사람이라면 강바닥에 가라앉아 있는 상자도 끌어올릴 수 있을 테니까. 이제 보물들은 팔 킬로미터도 넘는 강 밑에 넓게 흩어져 있으니 찾기 힘들 거야. 물론 보물을 강에 버리면서 내 마음도 쓰라렸지. 댁들이 우리를 따라붙었을 때는 정신이 반쯤 나가 있었어. 하지만 슬퍼한들 무슨 소용이 있나. 지금껏 살면서 산전수전 다 겪다 보니 아무리 울어도 쏟아진 우유는 주워 담을 수 없다는 걸 깨달았단 말이지."

"이건 아주 심각한 문제야, 스몰. 네놈이 경찰의 정의 구현에 협조하긴커녕 보물을 그렇게 버렸다는 건 법정에서 불리하게 작용할 거라고."

존스 형사가 말했다.

"정의라고!"

전과자가 으르렁거렸다.

"정의 좋아하시네! 그 보물이 우리 게 아니면 누구 거란 말이지? 가질 자격도 없는 사람들에게 보물을 넘겨주는 것이 정의란 말인가? 내가 보물을 어떻게 얻었는데! 이십 년 동안 무덥고 뜨거운 습지의 맹그로브 나무 아래에서 온종일 일하고, 밤이면 쇠사슬에 묶인 채 지저분한 죄수 막사 안에서 모기한테 물리고 학질에 걸려 고생했다. 백인만 괴롭히는 저주받을 흑인 경찰한테 수도 없이 괴롭힘도 당했지. 그 세월을 견뎌내고 간신히 손에 넣은 보물을 다른 사람에게 넘겨주는 것이 댁들이 말하는 정의라면 난 용납할 수 없어! 감옥에서 지내는 동안 그자들이 내 보물을 가지고 궁전 같은 집에서 편하게 사는 꼴을 보느니, 차라리 교수형을 골백번 당하거나 통가의 독침에 맞아 죽는 편이 낫지!"

지금까지 냉정함을 가장하고 있던 스몰은 가면을 벗어던지고 거칠게 내뱉었다. 불타오르는 눈으로, 잔뜩 흥분해서 손을 흔들 때마다 수갑에서 철컥거리는 소리가 났다. 분노가 폭발한 스몰을 보면서, 나는 숄토 소령이 의족을 한 남자가 자신을 찾아다니고 있는 것을 알았을 때 어째서 그렇게 큰 공포에 휩싸였었는지 이해할 수 있을 것 같았다.

"우리가 그 일에 대해 아무것도 모르고 있다는 사실을 잊은 모양이군요. 당신 이야기를 아직 듣지 못했습니다. 그러니 우리는 당신 입장에서 얼마나 부당한 일인지 알 수 없죠."

홈스가 조용히 말했다.

"선생은 참으로 정중하게 말하는군. 물론 내가 이렇게 수갑을 차게 된 것도 선생 때문이라는 건 알지만. 그 점에 대해서는 아무 유감 없어. 모든 것이 공명정대했으니까. 선생이 내 이야기를 듣고 싶다면 숨길 이유가 없지. 이제부터 내가 하는 말은 전부 진실이다. 물컵은 여기 놔주면 좋겠군. 이야기를 하다 보면 틀림없이 목이 마를 테니까.

나는 우스터셔 주 사람으로 퍼쇼어 근처에서 태어났지. 지금도 그곳에 가면 스몰이라는 성을 쓰는 사람들이 많이 있을 거야. 가끔 고향에 돌아가고 싶다는 생각을 했지. 가족들의 신용을 얻지 못했으니 반겨줄지 의문이지만. 우리 가족은 모두 성실하고 신앙심도 깊은데다 마을에서 존경받고 이름난 농부들인데 나는 늘 사고뭉치였거든. 열여덟 살이 되던 해에 여자 문제로 큰 사고를 친 뒤 고향을 떠나 군대에 들어가기로 마음을 먹었지. 그래서 곧 인도로 출발하는 제3보병대에 들어간 거야.

하지만 군인이 될 운명은 아니었던 모양이야. 막 제식훈련을 마치고 머스킷 총을 다루는 법을 배웠을 무렵 바보처럼 갠지스 강에서 수영을 하겠다고 뛰어들었어. 우리 부대에서 수영을 제일 잘하는 존 홀더 하사가 그곳에서 수영을 하고 있었다는 게 그나마 다행이었지. 강을 절반쯤 건넜을 때 악어가 나타나더니 외과의사가 잘라낸 것처럼 말끔하게 오른쪽 다리를 물어뜯더군. 무릎 바로 위까지 말이야. 난 과다 출혈과 쇼크로 기절했어. 그때 만일 홀더가 나를 구해 강둑까지 데려가지 않았다면 그대로 물에 빠져 죽었을 게 분명해. 그 뒤로 다섯 달 동안이나 병원 신세를 진 뒤에야 간신히 나무다리를 달고 절뚝거리면서 걸을 수 있었지. 결국 나는 의병제대를 한 후, 많이 움직여야 하는 일자리는 구할 수 없는 처지가 되었고.

당신들도 상상할 수 있겠지. 그때 나는 정말 운이 없었어. 스무 살도 되기 전에 아무 쓸모 없는 불구자가 됐으니 말이지. 하지만 당시 불운이라고 여겼던 일이 실은 행운이었던 거야. 인디고 농장주인 에이블 화이트라는 남자가 농장 일꾼들을 감독하고 감시할 사람을 구하고 있었는데, 그 사람은 마침 우리 부대 대령과 친분이 있었어. 대령은 사고 이후에 나를 각별히 신경써

주던 사람이었지. 간단하게 말하자면 대령이 나를 그 자리에 적극 추천했단 거야. 주로 말을 타고 하는 일이라 다리는 큰 문제가 안 되더군. 말안장 위에서 버티는 것은 남아 있는 허벅지만으로도 충분했으니까. 나는 말을 타고 농장을 거닐며 일꾼들을 감시했고 게으름을 피우는 자들이 있으면 보고했지. 보수도 괜찮고 거처도 편안해서 이렇게 인디고 농장에서 평생을 지내도 괜찮겠다는 생각이 들 정도였어. 에이블 화이트 씨는 친절한 사람으로 가끔 내 숙소에 들러 함께 파이프 담배도 피웠지. 타지에서 같은 백인이 있다는 것만으로도 마음이 편안해지더군.

하지만 행운은 그리 오래가지 않았어. 갑자기 세포이■들이 엄청난 폭동을 일으켰지 뭔가. 전혀 낌새도 없다가 말이지. 불과 한 달 전까지만 해도 인도는 서리 주나 켄트 주처럼 평화롭고 조용했는데 이십만 명이나 되는 검은 악마들이 자기 멋대로 날뛰기 시작하면서 지옥이 따로 없게 돼버렸어. 다들 그 폭동에 대해서는 잘 알고 있겠지. 나는 책 같은 걸 읽지 않으니 아무래도 댁들이 나보다 더 많이 알 것 같군. 내가 아는 건 내 눈으로 직접 본 것뿐이니까. 우리 농장은 서북 지방 근처에 있는 무트라라는 곳에 있었어. 밤마다 방갈로가 타는 불길에 하늘이 시

■ 영국 동인도회사에서 용병으로 훈련시킨 인도인.

뻘겋게 보였고, 낮에는 아내와 아이들을 데리고 우리 농장이 있던 지역을 지나쳐 가는 유럽인들의 행렬이 이어졌지. 군대가 주둔하고 있는 아그라로 향하는 행렬이었는데, 화이트 씨는 폭동은 과장되었으며 갑자기 일어난 것처럼 갑자기 가라앉을 거라고 굳게 믿고 있었지. 말이 통하지 않는 사람이었어. 나라 전체가 불바다인 와중에 화이트 씨는 베란다에 앉아 소다를 섞은 위스키를 마시면서 시가를 피우더군. 화이트 씨가 그러고 있으니 그곳을 떠날 수 있겠나. 경영과 회계를 담당하던 도슨은 부인까지 있었는데도 못 떠났지. 그러던 어느 화창한 날, 파국이 다가왔어. 그날 멀리 떨어진 농장에 갔다가 저녁 무렵이 되어서야 집으로 돌아가는데 경사가 가파른 수로 바닥에 웅크린 뭔가가 보이더군. 뭔지 확인하려고 말에서 내렸다가 도슨 부인의 시신이라는 것을 알고 심장이 얼어붙었지. 온몸이 갈기갈기 찢어졌는데 절반은 자칼과 들개가 먹어치운 것처럼 보였어. 도슨은 거기서 조금 떨어진 길에 엎어진 채로 쓰러져 있었고. 그는 총알이 떨어진 권총을 쥐고 있었는데 그 앞에는 네 명의 세포이들이 쓰러져 있었지. 말을 세우고 어디로 가야 할지 고민하는데 바로 그때 화이트 씨의 방갈로에서 시꺼먼 연기가 피어오르는 게 보였어. 불길이 지붕을 뚫고 타오르더군. 화이트 씨에게는 안된 일이지만 그쪽으로 달려갔다가는 내 목숨까지 위험해질 수 있는 상황이었어. 빨간 코트를 걸치고 검은 얼굴을 한 악마 같은 녀석들 수백 명이 불타는 집을 에워싼 채 환호성을 지르며 춤을 추고 있었으니까. 그들 중 몇 명이 나를 보고 총을 두 방 쏘았지만 머리 바로 옆으로 스쳐지나간 덕분에 나는 논을 가로질러 도망친 뒤 밤늦게 아그라의 성벽에 도착할 수 있었지.

그곳 역시 안전하진 않았어. 나라 전체를 벌떼가 들쑤셔놓은 것 같았으니까. 영국인들이 몇 명이라도 모이면 총을 들고 맞섰지만 그렇지 못한 다른 곳에서는 무력하게 도망가는 수밖에 없었지. 수백 명으로 수백만 명과 싸우는 셈 아니겠나. 그 상황에서 가장 잔인했던 건 눈앞에 맞서고 있는 자들이 전부 우리가 뽑아 가르치고 훈련시킨 보병, 기병, 포병이라는 사실이었어. 그들은 우리 무기를 들고 우리 나팔을 불어대고 있었지. 아그라에는 벵골 제3부대와 몇몇 시크교도들, 기병대 두 개 부대와 포병대가 모여 있었는데, 상인들과 직원들이 주축이 되어 모집한 의용대에 나도 자원했어. 의족을 단 채로 말이야. 칠월 초 샤건지로 나가 폭도들과 싸울 때는 우리 쪽이 잠깐 우세한 듯도 했지만 화약이 떨어져서 퇴각하는 수밖에 없었지.

사방에서 안 좋은 소식만 들어왔어. 지도를 보면 알겠지만 실제로 폭동의 중심부에 있었으니 놀랄 일도 아니지. 동쪽으로 160킬로미터 떨어진 러프나우와 남쪽으로 그만큼 떨어진 칸푸르는 상황이 더 나빴어. 나침반이 가리키는 어느 곳을 가든 고문과 살인, 폭력 행위가 벌어지고 있었으니까.

아그라는 광신자들과 사나운 악마 숭배자들이 모여 있는 도시인데다 좁고 복잡한 길 때문에 의용대 대원 몇 명이 길을 잃기도 해서, 우리 의용대 대장은 결국 강을 건너 아그라의 오래된 요새로 자리를 옮겼어. 여러분도 그 오래된 요새에 관한 책을 읽거나 이야기를 들었는지 모르겠지만 정말 기묘한 곳이지. 그때까지 내가 갔던 곳 중에 가장 기묘한 곳으로 규모를 가늠할 수 없을 만큼 어마어마하게 크고 넓었어. 현대식 건물만 봐도 방이 어찌나 많던지 우리 주둔 부대와 여자들, 아이들이 지낼 곳은 물론, 짐을 넣을 공간까지 충분했다니까. 하지만 현대식 건물은 구식 건물에 비하면 그리 큰 것도 아니더군. 구식 건물은 전갈과 지네만 득실대고 아무도 들락거리지 않는 곳이었어. 황폐해진 거대한 홀과 나선형 통로, 안팎으로 미로처럼 복잡한 긴 회랑으로 가득차 있어서 안에 들어갔다가는 길을 잃기 십상이었으니 혼자서 안에 들어가보려는 사람도 없었지. 가끔씩 무리 지은 사람들이 횃불을 들고 살펴보러 가기만 했어.

오래된 요새의 정면은 흐르는 강이 지켜주고 있었지만 측면과 후면에 나 있는 수많은 문들은 우리가 지켜야만 했지. 부대가 머무는 현대식 건물만이 아니라 구식 건물 역시 지켜야 했고,

하지만 병력과 무기가 부족해 모퉁이마다 배치도 못 하는 마당에 수많은 문들 하나하나에 제대로 된 수비대를 배치하는 건 불가능한 일이었어. 결국 요새 중앙에 중앙 수비대를 두고 각 문마다 백인 한 명과 두세 명의 원주민들을 배치하기로 결정할 수밖에 없었지. 나는 밤시간에 남서쪽에 외따로 떨어져 있는 작은 문에 배치되었고, 내 지시를 받을 시크교도 병사 두 명도 배정받았어. 무슨 일이 있을 경우 머스킷 총을 발포해 중앙 수비대에 알리라는 지시를 받았지. 하지만 내 담당 구역에서 수비대까지는 이백 미터나 떨어져 있고 그나마도 미로 같은 통로와 회랑들이 가로막고 있기 때문에 실제로 공격을 받았을 경우 중앙 수비대가 제시간에 와줄 것인지는 의문이었지.

그렇지만 나는 신병인데다가 한쪽 다리가 없는데도 지시를 내릴 부하들이 생겼다는 것이 살짝 자랑스러웠어. 이틀 밤 동안 마호메트 싱과 압둘라 칸이라는 펀자브 출신 병사들과 함께 보초를 섰는데 둘 다 키가 크고 외모가 험악했지. 나이가 제법 있는 전투원들로 칠리안 왈라에서 영국군과 싸운 적도 있다고 하더군. 그들은 영어를 제법 잘했지만 거의 쓰지 않았어. 나란히 서서 밤새 문을 지키며 시크교도끼리만 쓰는 이상한 말로 떠드는 것을 좋아했지. 나는 문밖에 나가 굽이치는 넓은 강물과 거대한 도시 위에서 반짝거리는 별들을 바라보곤 했어. 밤마다 둥

둥거리는 북소리, 징 소리, 아편과 대마에 취한 폭도의 고함 소리는 강 너머에 있는 적들이 얼마나 위험한지를 되새기기에 부족함이 없었지. 두 시간에 한 번씩 야간 당직 장교가 순찰을 돌면서 아무 일이 없는지를 확인했어.

보초를 선 지 삼 일째 밤에는 비가 내리고 바람이 불어 주위가 한층 더 컴컴했지. 그런 날씨에 몇 시간이나 문 앞을 지키고 서 있는 건 정말 따분한 일이더군. 그래서 나는 시크교도 부하들과 대화를 시도해보았지만 잘되지 않았어. 새벽 2시가 돼서 순찰을 도는 장교가 들렀을 때에야 잠시 지루함을 이겨낼 수 있었지. 도저히 부하들과 대화할 길을 찾을 수가 없자 나는 파이프 담배를 꺼낸 뒤 성냥에 불을 붙이기 위해 머스킷 총을 옆에 내려놓았는데 그 순간 두 명의 시크교도들이 나를 덮치는 게 아닌가. 한 명은 내 총을 낚아채 머리에 겨누고, 그사이 다른 한 명은 커다란 칼을 목에 들이대며 한 발자국이라도 움직이면 찔러버리겠다고 이를 악물며 위협했지.

그때 제일 먼저 나는 이들이 폭도와 한편이고 이제 공격을 시작한 모양이라고 생각했어. 세포이들이 이 문을 통과한다면 요새는 분명히 함락될 것이고, 여자와 아이들 또한 칸푸르에서와 똑같은 일을 당할 게 뻔했지. 나한테 유리한 쪽으로만 이야기를 하고 있다고 생각할지 모르겠지만, 그때는 분명히 그렇게 생각했단 말이야. 칼끝이 목에 닿아 있었지만 고함이라도 지를 생각으로 입을 벌렸어. 나는 죽더라도 중앙 수비대가 위험을 알아차릴 수는 있을 테니까. 용기를 내 고함치려는 순간 내 생각을 알아차렸는지 남자가 속삭이더군.

'조용히 해요. 이 요새는 안전해요. 우리는 폭도가 아닙니다.'

그의 말은 사실인 듯했어. 그리고 소리를 지르면 나를 죽일 것 같았지. 그자의 갈색 눈동자를 보고 알 수 있었어. 나는 조용히 그들이 원하는 것이 무엇인지 알기 위해 기다렸지.

'내 말 잘 들어요, 사이브.'

두 사람 중에 좀더 험악하게 생긴 남자가 말했어. 압둘라 칸이었지.

'지금부터 우리와 함께할지 영원히 침묵할지 선택하십시오. 이번 일은 너무 급해서 기다려줄 여유가 없어요. 우리와 뜻을 함께할 거라면 기독교도의 십자가에 진심으로 맹세해요. 그렇지 않으면 당신 몸을 저 도랑에 던져 폭동에 가담한 형제들에게 넘길 겁니다. 다른 선택지는 없어요. 살 겁니까, 죽을 겁니까? 삼 분 줄 테니 마음을 정해요. 시간이 없어요. 다시 순찰을 돌기 전에 전부 끝내야 하니까.'

'뭘 결정하란 거지? 원하는 게 뭔지 알려줘야 하지 않나. 분명히 말하는데 요새의 안전을 해치는 일이라면 가담할 생각이 없

어. 그런 일이라면 그냥 목을 베는 게 나을 거야.'

'요새와는 상관없는 일이에요. 우린 당신네 영국 사람들이 이 땅에서 찾는 것을 주려는 겁니다. 당신을 부자로 만들어주겠다는 말이에요. 사이브가 오늘밤 우리와 뜻을 함께한다면 보물을 똑같이 나누겠다고 이 칼에 대고 맹세하겠습니다. 시크교도는 절대 삼중의 맹세를 저버리는 일이 없어요. 보물의 4분의 1을 주겠습니다. 이보다 더 공평할 수는 없죠.'

'그 보물이란 게 뭐지? 부자가 될 준비는 끝났으니 어떻게 해야 하는지만 알려주게.'

'맹세부터 하십시오, 삼중의 맹세를. 아버지의 뼈와 어머니의 명예, 십자가를 걸고 지금부터 우리를 배신하는 말이나 행동은 하지 않겠다고 맹세하겠습니까?'

'맹세하지. 요새가 위험해지는 일만 아니라면.'

'그렇다면 동료와 나도 맹세하죠. 보물은 네 사람이 똑같이 나눌 것이며, 그중 4분의 1을 당신에게 줄 것입니다.'

'세 사람밖에 없지 않나.'

'아뇨. 도스트 아크바르와도 나눠야 합니다. 그들을 기다리는 동안 모든 이야기를 해드리죠. 마호메트 싱, 자네는 문을 지키다가 그들이 오면 알려주게. 사이브, 이제 어떻게 된 일인지 알려주죠. 지금 당신에게 이 모든 이야기를 하는 이유는 백인도 맹세를 지킨다는 것을 알고 있기 때문입니다. 당신을 믿는 건 아마 그 때문일 거예요. 당신이 거짓말을 일삼는 힌두교도였다면 거짓 사원에 있는 온갖 신들에게 맹세하더라도 이 칼에 당신 피를 묻히고 시체는 그대로 물속에 던져버렸을 겁니다. 하지만 시크교도는 영국인을 잘 알고 영국인도 시크교도를 잘 알고 있죠. 이제부터 하는 이야기에 귀를 기울이세요.

북부 지방에 가진 영토는 작지만 아주 부유한 군주가 있어요. 부친에게서 엄청난 유산을 물려받은데다 그 군주가 인색한 사람이라 돈을 쓰지 않고 모으는 것을 좋아했기에 더 큰 부를 쌓을 수 있었던 거죠. 이번 폭동이 일어나자 군주는 사자와 호랑이의 손을 모두 잡았습니다. 다시 말해 세포이와도 손을 잡고 동인도회사와도 손을 잡았단 거죠. 머지않아 백인들의 세상이 끝날 거라고 생각한 겁니다. 그도 그럴 것이 나라 전체에서 백인들의 죽음과 전복에 관한 소식만 들렸으니까요. 군주는 워낙 조심스러운 사람이라 상황이 이러니 가진 보물의 절반을 다른 곳에 숨기겠다는 계획을 세웠습니다. 궁전에 있는 금고에는 금과 은만 보관하고 나머지 진귀한 보석들과 최상급 진주들은 상자에 옮겨 담았어요. 그리고 가장 믿는 하인을 상인으로 위장시켜 상자를 아그라 요새로 가져가게 했습니다. 정세가 안정될 때까지 보물을 숨겨놓을 작정이었던 거지요. 만일 폭도들이 승리하면 그의 재산은 무사할 것이고, 설령 회사 쪽이 이긴다 해도 이곳에 숨겨 놓은 보석들은 남을 테니까요. 그렇게 재산을 나눈 뒤, 군주는 완전히 세포이의 편으로 돌아섰습니다. 그쪽 지역에서는 세포이들의 세력이 우세했기 때문이죠. 알겠습니까? 그렇게 해서 군주의 보물은 충직하다고 믿었던 하인의 손으로 넘어간 겁니다.

아크메트라는 이름의 상인으로 위장하고 길을 떠난 하인이 지금 아그라에 도착해 요새로 들어올 방법을 모색하고 있습니다. 그자는 여행중에 동행하게 된 내 의형제 도스트 아크바르에게 비밀을 털어놓았어요. 도스트 아크바르가 그자를 데리고 오늘밤 요새의 뒷문으로 오기로 했습니다. 일부러 이 문을 선택한 거죠. 이제 도스트 아크바르가 여기로 와서 기다리고 있는 마호메트 싱과 나를 찾을 거예요. 여긴 외진 곳이라 아무도 그들이 들어오는 걸 보지 못할 겁니다. 아크메트는 세상에서 사라지고, 우리 네 사람이 보물을 나눠가지면 되는 거죠. 할말이 있습니까, 사이브?'

우스터셔에서 살 때는 사람의 목숨이 대단하고 신성하다고 생각했지. 하지만 인도에서는 다르더군. 사방에서 불길이 치솟고 피가 흐르며 어디를 가든 시체가 발에 채이는 지경이었으니까. 실제로 아크메트라는 자가 죽든 살든 나와는 상관이 없었어. 보물 이야기에 마음이 들뜨기도 한 상황이었고. 보물이 있으면 고향으로 돌아갈 수 있겠다는 생각이 들었지. 가족들이 주머니에 포르투갈 금화를 잔뜩 넣어가지고 돌아온 탕아를 어떤 눈으로 볼지 궁금하기도 했고. 그때 이미 나는 마음을 먹었어. 하지만 압둘라 칸은 내가 주저한다고 생각했는지 좀더 강하게 밀어붙이더군.

'생각해보십시오, 사이브. 만일 저 남자가 수비대에 붙잡혀 교수형을 당하거나 총살을 당하면 보석은 정부에서 가져갈 겁니다. 그럼 어느 누구도 단 한 푼의 이득을 얻지 못하는 거예요. 지금 우리가 저 남자를 처리하고 똑같이 하지 못할 이유가 어디 있습니까? 보물을 회사 금고에 넣느니 우리가 가지는 게 훨씬 낫죠. 보물만 있으면 우리 네 사람 모두 부자가 될 수 있고 출세할 수 있습니다. 이 일은 아무도 몰라요. 왜냐하면 여긴 사람들 발길이 뜸한 외진 곳이니까. 모든 조건이 맞아떨어지지 않습니까? 사이브, 다시 한번 말하지만 뜻을 함께하지 않는다면 적으로 간주할 수밖에 없어요.'

'전적으로 자네들과 뜻을 함께하지.'

'좋습니다.'

그자는 내 총을 돌려줬어.

'우린 당신을 믿고 있습니다. 당신 역시 맹세를 깨선 안 됩니다. 이제 내 의형제와 상인이 오기를 기다리기만 하면 돼요.'

'자네 의형제란 자는 일이 어떻게 되는지 알고 있나?'

'이 계획을 세운 게 바로 도스트 아크바르입니다. 애초에 그의 생각이었어요. 이제 문 쪽으로 가서 마호메트 싱과 함께 지켜보도록 하죠.'

막 우기에 접어든 때라 비가 계속해서 내렸지. 짙은 먹구름이 하늘을 뒤덮어서 한 치 앞도 제대로 보이지 않았고. 우리 쪽 문 앞에는 깊은 해자가 있었지만 물이 마른 부분이 있어서 쉽게 건널 수 있었어. 거기서 두 명의 펀자브인과 함께 죽을 자리를 찾아오는 남자를 기다리고 있자니 기분이 이상하더군.

어느 순간 해자 반대편에서 흐릿한 불빛이 보였어. 불빛은 돌무더기 사이로 사라졌다가 이내 다시 나타나서는 천천히 우리 쪽으로 이동하기 시작했지.

'저기 온다!'

내가 외치자 압둘라가 속삭였지.

'사이브, 평소처럼 누구냐고 물어봐야 합니다. 굳이 경계심을 심어줄 필요는 없겠죠. 우리가 저자와 함께 안으로 들어갈 겁니다. 나머지는 우리가 알아서 할 테니 사이브는 이곳을 지키고 있으면 됩니다. 저들이 맞는지 얼굴을 확인해야 하니 등불을 켤 준비를 하세요.'

앞에서 깜박거리는 불빛은 멈춰 섰다가 다시 움직이곤 했어.

마침내 해자 건너편에 있는 두 사람의 검은 형체를 볼 수 있었지. 그들이 경사진 둑을 기어 내려와 찰박거리며 진창을 건너 둑 위에 있는 문을 향해 반쯤 올라왔을 때 그들을 불렀어.

'거기 누구냐?'

위압적인 목소리로 물었지.

'친구입니다.'

누군가 대답했어. 난 등불을 켜고 그들을 향해 불빛을 비추었지. 제일 먼저 보이는 사람은 몸집이 크고 검은 수염을 허리까지 기른 시크교도였어. 쇼에서나 볼 수 있을 만큼 키가 큰 사람이었지. 다른 한 명은 키가 작달막하고 약간 뚱뚱한 남자로 노란색 터번을 두르고 천으로 감싼 물건을 들고 있더군. 그자는 겁을 잔뜩 먹었는지 학질에라도 걸린 것처럼 양손을 덜덜 떨었어. 마치 쥐구멍에서 나와 모험을 시작하려는 생쥐처럼 쉴 새 없이 고개를 좌우로 돌리며 작고 반짝거리는 눈으로 이리저리 살피던데. 그런 사람을 죽인다고 생각하니 소름이 돋았지만 보물을 생각하니 마음이 차돌만큼 단단해지지 않겠나. 그는 백인인 나를 보자 기쁜 듯 작은 소리로 환성을 지르며 내 앞으로 달려왔지.

'절 지켜주십시오, 사이브. 불쌍한 상인 아크메트를 지켜주세요. 아그라 요새에 몸을 피하기 위해 라지푸타나를 건너 여기까지 왔습니다. 동인도회사에 우호적이라는 이유로 가진 것을 빼앗기고 두드려 맞고 학대당했습니다. 이제부터는 여기서 목숨을 부지하고 얼마 안 되는 재산을 지킬 수 있게 되었으니 오늘 밤은 정말 운이 좋은 것 같습니다.'

그 남자가 헐떡거리며 이렇게 말하더군.

'그 안에는 뭐가 들어 있나?'

'이 철제 상자 안에는 우리 가문 대대로 내려오는 작은 물건들이 두어 개 들어 있습니다. 다른 사람들이 보기에는 아무것도 아니지만 제게는 잃어버리면 안 되는 물건이죠. 전 거지가 아닙니다. 여기 머무르게만 해주신다면 젊은 사이브와 이곳의 대장님께 충분한 보상을 할 생각입니다.'

나는 더이상 그 남자와 말을 할 수 없을 것 같았어. 겁에 질린 통통한 얼굴을 보면 볼수록 냉혹하게 그자를 죽이는 것이 힘들 것 같았기 때문이지. 빨리 끝내는 것이 최선이었어.

'이자를 중앙 수비대로 데려가라.'

내 말에 시크교도 두 명이 그의 양팔을 잡더니 입구를 지나 컴컴한 복도로 데려갔어. 거인 같은 남자가 뒤를 따라갔고 죽음이 상자를 가진 남자 주위를 완벽하게 감싸고 있었지. 나는 등불을 든 채로 입구에 남았어.

외진 회랑을 따라 걷는 발소리들이 들리더군. 그러다 갑자기 발소리가 멈추더니, 이내 몸싸움 소리와 함께 옥신각신하는 소리가 들리기 시작했지. 무섭게도 잠시 뒤에 누가 숨을 몰아쉬며 내 쪽으로 뛰어오는 발소리가 들리지 뭔가. 내가 등불을 켜고 길게 이어진 통로를 비춰보니 뚱뚱한 남자가 피범벅이 된 얼굴로 쏜살같이 달려나왔어. 그 뒤를 검은 수염을 기른 커다란 덩치의 시크교도가 한 손에 번쩍거리는 칼을 들고 호랑이처럼 바짝 쫓아왔지. 그때까지 난 그 작은 상인처럼 빨리 달리는 사람을 본 적이 없어. 뒤쫓는 시크교도와의 간격이 점차 벌어지는 게 만일 그대로 나를 지나쳐 밖으로 나가면 목숨을 건질 수도 있을 정도였다니까. 상인이 불쌍하게 느껴졌지만 보물을 떠올리며 마음을 다잡고 그자의 다리 사이에 총부리를 찔러 넣었지. 그러자 총에 맞은 토끼처럼 두 번 몸을 구르더군. 비틀거리며 자리에서 일어나려는 순간 시크교도가 그자를 덮쳐 옆구리를 칼로 두 번 찔렀어. 그는 신음 소리 한번 내지 못하고 숨을 거뒀는데 내가 보기엔 쓰러질 때 목이 부러진 것 같았지. 이보쇼, 난 댁들에게 약속을 지켰어. 내게 유리한지 불리한지 따지지 않고 그때 있었던 일을 있는 그대로 정확하게 이야기하고 있으니."

스몰은 말을 멈추고 수갑을 찬 손으로 홈스에게서 물을 탄 위스키를 건네받아 마셨다. 이제야 말하지만, 그때 나는 스몰이

냉혹한 범죄에 가담했다는 것뿐 아니라 그런 이야기를 거리낌 없이 말한다는 사실 때문에 끔찍하게 무서웠다. 그가 어떤 처벌을 받든 조금도 동정심이 생기지 않을 것 같았다. 셜록 홈스와 존스는 무릎에 손을 올려놓은 채 스몰의 이야기를 집중해서 듣고 있었지만 두 사람의 얼굴에도 나와 같은 혐오감이 드러나 있었다. 스몰도 그 사실을 알아차렸는지 조금 전보다 더 반항적인 태도로 이야기를 이어나갔다.

"얼마나 나쁜 일인지는 의심할 것도 없이 잘 알아. 하지만 목에 칼이 들어온 상황에서 보물을 나누자는 제안을 받았을 때 얼마나 많은 사람들이 거절할 수 있을지 궁금하군. 더군다나 상인이 요새에 들어온 순간부터 둘 중 한 명은 죽어야 하는 상황이었어. 그 사람이 살아 나갔다면 나는 군법회의에 회부되어 총살당했을 거야. 그런 일에는 대단히 엄격한 시기였으니까."

"이야기를 계속하시죠."

홈스가 짧게 말했다.

"그러지. 나는 압둘라, 아크바르와 함께 시신을 옮겨갔어. 키가 작은 것치고는 무게가 제법 나가더군. 마호메트 싱은 남아서 문을 지켰지. 시신은 시크교도들이 미리 봐둔 장소로 옮겼어. 우리가 경비를 서는 곳에서 약간 떨어진 장소로, 굽이진 통로를 지나면 나오는 커다랗고 텅 빈 홀이었지. 홀의 벽돌 벽은 산

산조각으로 무너진 상태였고 또 바닥 한 곳은 자연이 만든 무덤처럼 푹 꺼져 있었어. 아크메트를 그 안에 눕힌 뒤, 부서진 벽돌 조각으로 덮어 마무리하고는 보물이 있는 곳으로 돌아갔지.

보물 상자는 아크메트가 처음 공격당했던 지점에 떨어져 있었어. 저 탁자 위에 있는 상자 말이야. 열쇠는 부조가 새겨진 손잡이에 비단 끈으로 묶여 있었고. 상자를 열고 불빛을 비추자 퍼쇼어에 살던 어린 시절에 책에서나 보았던 온갖 보석들이 안에 든 게 보이더군. 눈이 부실 정도였지. 우리는 눈으로 보석들을 마음껏 즐긴 뒤, 모두 꺼내 목록을 작성하기 시작했어. 일등급 다이아몬드가 143개였는데 그중에는 세계에서 두 번째로 큰 보석으로 알려진 '위대한 무굴'이라 불리는 다이아몬드가 포함되어 있었지. 최상급 에메랄드 97개, 루비는 170개가 있었고 그중에는 알이 작은 것도 몇 개 있었지. 석류석 40개와 사파이어 210개, 마노 61개, 그리고 녹주석과 오닉스, 묘안석, 터키석, 지금은 잘 알고 있지만 당시만 해도 이름조차 몰랐던 온갖 종류의 보석들이 엄청나게 많았어. 그 외에도 최고급 진주가 300개 정도 들어 있었는데 그중 12개는 금관에 박혀 있었지. 내가 보물 상자를 다시 찾았을 때 금관은 누가 가져갔는지 없더군.

우리는 목록을 완성한 뒤 보석을 다시 상자에 넣고 마호메트 싱에게 보여주기 위해 문 쪽으로 가져갔어. 그런 다음 모두 비밀을 지키겠다는 엄숙한 맹세를 다시 한번 했지. 보물을 안전한 곳에 숨겨두었다가 정세가 안정이 되면 그때 가서 나누기로 뜻을 모았어. 당시에는 보물을 나눠도 쓸 수 없었고, 귀한 보석을 가지고 있다는 사실이 알려지면 괜한 의심만 사게 될 테니까. 요새 안에 각자 보물을 숨겨둘 개인적인 공간도 없었고. 우리는 조금 전 시신을 묻었던 홀로 상자를 옮기고는 그 안에서 상태가 가장 좋은 벽을 찾아 밑에 구멍을 파고 상자를 묻었어. 그 장소에는 우리만 알아보도록 주의를 기울여 표시를 해두었지. 다음날 나는 도면을 네 장 만들어 모두에게 한 장씩 나눠주었어. 우리 네 사람은 언제나 모두를 위해 행동할 것이며, 서로를 배신하지 말자는 뜻으로 도면 아래쪽에 네 사람의 서명을 넣었고. 나는 가슴에 손을 얹고 말할 수 있어. 이제껏 그 맹세를 한 번도 어긴 적이 없다고.

인도 폭동이 어떻게 끝났는지는 따로 설명할 필요가 없겠지. 윌슨이 델리를 점령하고 콜린 경이 러크나우를 되찾자 폭동의 배후가 붕괴됐어. 영국군은 새로운 군대를 투입했고, 세포이의 지도자 나나 사이브는 국경을 넘어 도망쳤고. 그레이트헤드 대령이 이끄는 유격대가 아그라에 들어와 저항하는 인도인들을 몰아냈지. 나라에 평화가 찾아오는 것처럼 느껴지자 우리 네 사람은 보물을 나누고 그곳을 안전하게 떠날 날이 머지않았다는 희망을 품었어. 하지만 우리가 아크메트 살인범으로 체포되면서 희망은 산산조각 났지.

이렇게 된 거야. 군주가 아크메트에게 보석을 맡긴 건 그가 믿을 만한 사람이라는 것을 알았기 때문이지. 하지만 동양인들은 의심이 많지 않나. 군주는 아크메트보다 더 믿을 수 있는 하인을 불러 아크메트를 감시하라고 지시를 내렸던 거였어. 하인은 지시받은 대로 그림자처럼 쫓아다니면서 아크메트에게서 눈을 떼지 않았지. 그날 밤에도 아크메트를 따라가 그가 아그라 요새로 들어가는 것을 봤어. 당연히 그자는 아크메트가 요새 안에 자리를 잡았을 거라고 생각했겠지. 그런데 다음날, 하인이 허가를 받아 요새 안으로 들어왔는데 어디서도 아크메트를 찾을 수가 없었던 거야. 이상하게 여긴 그는 요새 안을 안내해주던 병장을 통해 대장에게 그 사실을 알렸지. 신속하고 철저한 수색 끝에 시신이 발견되면서, 안전하다고 생각했던 바로 그 순간에 우리 네 명은 체포되어 살인죄로 재판을 받게 됐어. 세 사람은 그날 밤 문을 지키고 있었고 남은 한 명은 살해당한 사람과 동행했다는 사실이 밝혀졌거든. 군주가 물러나 인도 밖으로 추방되어 재판에서 보물에 대한 이야기는 한마디도 나오지 않았어. 그래서 보물에 대해서는 아는 사람이 없었지. 하지만 살인 사건이 일어났고, 우리가 범행을 저질렀다는 건 부인할 수 없는 사실로 밝혀진 상태였지. 시크교도 세 명에게는 종신형을, 나에게는 사형을 선고하더군. 그 뒤에 다른 사람들과 마찬가지로 종신형으로 감형되긴 했지만.

그 당시 우리는 아주 미묘한 상황에 처해 있었어. 네 명 모두 발이 묶이다 못해 두 번 다시 바깥세상에 나갈 기회가 없는 상태였지만, 되찾을 수만 있다면 궁전에서 살 수 있을 보물에 대한 비밀을 간직하고 있었으니까. 바깥세상에 우리가 가져가기만을 기다리는 엄청난 보물이 있는데도 별 볼 일 없는 하급 관리에게 얻어맞으면서 쌀과 물밖에 못 먹는 생활을 견뎌야 했으니 얼마나 애간장을 태웠겠나. 정말 미칠 것 같았지. 하지만 나는 의지가 강한 사람이라 때가 오기만을 기다렸어.

그러던 중 마침내 그때가 찾아온 거야. 나는 아그라에서 마드라스로, 그곳에서 다시 안다만제도의 블레어 섬으로 이송됐어. 그곳에는 백인 죄수들이 몇 명 없어서 처음부터 처신을 잘했더니 특별 대우를 받게 됐지. 해리엇 산기슭의 작은 마을인 호프타운에다 막사를 내주더군. 그곳에서 혼자 지내게 된 거야. 호프타운은 무덥고 지루한 곳으로 작은 개간지 너머에는 야만적인 식인종이 나타나기도 했어. 그들은 언제라도 사람들을 향해 작은 독침을 날릴 준비가 되어 있었지. 우리는 그곳에서 채굴, 도랑 파기, 참마 재배를 비롯한 열두 가지 일들을 해야 했어. 하루

종일 쉴 틈이 없었고 그나마 저녁이 되어야 시간이 좀 나곤 했지. 그런 와중에 나는 외과 의사에게서 약을 조제하는 법을 배워 어설프게나마 의학 지식을 터득했어. 그러면서도 계속 탈출할 기회만 엿보았지만 그곳은 육지에서 수백 킬로미터나 떨어져 있는데다 바다에는 바람이 거의 불지 않더군. 탈출이 불가능한 상황이었지.

외과 의사인 서머턴 박사는 활동적이고 놀기 좋아하는 젊은이라 저녁마다 자기 방에서 다른 젊은 장교들과 어울려 카드 게임을 했지. 나는 진료실에서 내가 먹을 약을 조제하곤 했는데, 그 옆이 바로 박사의 거실이었어. 진료실과 거실 사이에는 작은 창문이 한 개 나 있어서 나는 쓸쓸한 기분이 들 때마다 진료실 불을 끄고 앉아 대화 소리를 듣거나 진료실과 거실 사이에 난 작은 창문을 통해 카드 게임을 구경했어. 나는 카드 게임을 워낙 좋아해서 다른 사람들이 하는 걸 구경하기만 해도 좋았거든. 그 자리에는 원주민 부대를 지휘하는 인물들인 숄토 소령, 모스턴 대위, 브룸리 브라운 중위와 서머턴 박사, 교묘하고 안전한 수를 두며 게임을 하는 솜씨 좋은 교도관 두세 명이 참석했는데 늘 적당한 인원이 모이곤 했지.

그러던 중에 나는 이상한 사실을 깨달았어. 군인들은 항상 돈을 잃고 교도관들은 늘 돈을 따고 있다는 걸 말이지. 뭔가 속임

수가 있는 것도 아닌데 결과가 항상 그렇더군. 교도관들은 안다만제도에 온 뒤로 달리 할 일이 없어서 계속 카드만 치다 보니 상대방의 수를 꿰뚫고 있는 반면, 군인들은 시간이나 때우려고 하는 것이다 보니 상대가 되지 않았던 거지. 밤마다 카드게임에 지며 점점 더 가난해질수록 군인들이 게임에 더 몰두하는 게 보이더군. 그중에서도 숄토 소령이 돈을 제일 많이 잃었어. 처음에는 지폐와 금화를 걸다가 오래지 않아 엄청난 금액의 수표를 썼거든. 가끔씩 돈을 따기도 했는데, 문제는 그런 행운 탓에 욕심을 부리다가 상황이 더욱 어려워지고 있다는 거였어. 숄토 소령은 온종일 어두운 얼굴로 마을을 헤매 다녔고 몸이 상할 만큼 술을 퍼마시기 시작했지.

소령이 평소보다 돈을 많이 잃은 어느 날 밤이었어. 내가 막사에 있을 때 소령과 모스턴 대위가 비틀거리며 자기들 막사로 돌아가더군. 두 사람은 아주 친해서 항상 붙어다녔지. 소령이 잃은 돈 때문에 한탄하고 있었어.

'이제 다 끝났어, 모스턴. 아무래도 사표를 써야 할 것 같아. 전 재산을 날리고 말았어.'

두 사람은 이야기를 하면서 내 막사 앞을 지나가고 있었지.

'그런 말도 안 되는 소리가 어디 있나! 나도 지금 상황이 좋진 않다네. 하지만…….'

모스턴 대위가 소령의 어깨를 두드리며 말했어. 그 말까지밖에 들리지 않았지만 내가 마음을 정하기엔 충분했지.

그로부터 이틀 뒤, 해변을 거닐고 있는 숄토 소령을 보고 기회를 잡아 말을 걸었어.

'소령님, 말씀드리고 싶은 게 있습니다.'

'스몰이군. 무슨 일인가?'

소령이 물고 있던 시가를 빼며 묻더군.

'먼저 묻고 싶은 게 있습니다. 숨겨진 보물을 맡기기에 적당한 인물이 있을까요? 제가 오십만 파운드의 보물이 묻힌 곳을 알고 있는데, 지금 보물을 쓸 수 없는 상태다 보니 아무래도 정부에 넘기는 게 좋겠다는 생각이 들었습니다. 그렇게 하면 형량을 단축시켜줄지도 모르잖습니까.'

'오십만 파운드라고 했나?'

소령은 깜짝 놀라더니 거짓말이 아닌지 확인하려는 듯 나를 뚫어지게 쳐다봤어.

'그 정도 될 겁니다. 보석과 진주가 워낙 많거든요. 지금은 아무나 가져갈 수 있는 곳에 있습니다. 때마침 진짜 주인이 추방당해 보물의 소유권을 주장할 수 없는 상황이죠. 그래서 제일 먼저 가져가는 사람이 주인입니다.'

'정부에 넘기겠단 말이지……. 스몰.'

소령은 말을 더듬더군.

'정부에 말이야…….'

자꾸 말을 끊는 것을 보고 소령이 걸려들었다는 것을 알 수 있었어.

'소령님은 어떻게 생각하십니까. 아무래도 총독님께 알려야겠죠?'

나는 조용히 말했지.

'이런, 이런. 그건 그렇게 서둘러서는 안 될 일 같군. 후회할 수도 있으니까 말이야. 일단 내게 말해보게. 어떻게 된 일인지 전부.'

모두 이야기했지. 보물이 있는 곳이 어디인지 알지 못하게 이야기를 살짝 바꿔서 말이야. 내가 이야기를 끝내자 소령은 그 자리에 서서 깊은 생각에 잠기더군. 마음속으로 양심과 싸우기라도 하는지 그자의 입술이 씰룩거렸어.

'이건 아주 중요한 문제네, 스몰.'

마침내 소령이 입을 열었지.

'다른 사람에게는 이 일을 말하지 말게. 조만간 자네를 찾아가도록 하지.'

이틀 뒤 한밤중에 숄토 소령과 모스턴 대위가 등불을 들고 내 막사로 찾아왔어.

'자네 입으로 모스턴 대위에게 그 이야기를 다시 해주게, 스몰.'

나는 이야기를 다시 했어.

'자네가 듣기에도 진짜 같은가? 계획을 세워도 될까?'

소령의 물음에 모스턴 대위가 고개를 끄덕였지. 그러자 소령이 내게 말했어.

'이보게, 스몰. 여기 있는 내 친구와 그 문제에 대해 이야기를 해보았네. 그리고 자네의 비밀이 정부와는 상관없는 일이라는 결론을 내렸어. 그 일은 자네 개인의 문제이니 어떻게 할지도 자네 의사에 따라야 할 테지만 지금 묻고 싶은 건 바로 이거라네. 보물이 있는 곳을 알려주는 대가가 뭔가? 타당한 조건이라면 우리가 직접 보물을 찾아 확인해볼 의향이 있네.'

소령은 관심 없다는 것처럼 냉정하게 말하려고 애를 썼지만 눈은 흥분과 탐욕으로 불타오르고 있었어.

'조건이라고 하셨습니까.'

가능한 한 차분하게 대답하려고 노력했지만 소령처럼 흥분되는 건 어쩔 수 없었지.

'저 같은 상황에 있는 사람이라면 한 가지밖에 없겠죠. 제가 자유의 몸이 될 수 있게 도와주십시오. 다른 세 동료도 말입니다. 그럼 두 분을 동업자로 생각하고 보물의 5분의 1을 드리겠습니다.'

'5분의 1이라! 아주 솔깃하진 않군.'

'한 사람당 오만 파운드씩은 돌아갈 겁니다.'

'하지만 어떻게 자네를 풀어준단 말인가? 불가능한 일이라는 건 자네도 잘 알고 있을 텐데.'

'그렇지 않습니다. 아주 세부적인 부분까지 고려한 계획이 있어요. 우리가 탈출하는 데 문제는 이거 하나인데, 적당한 배 한 척과 오랜 항해를 버틸 식량입니다. 캘커타나 마드라스에는 우리가 타고 나갈 만한 작은 요트와 돛단배가 많이 있어요. 그중 한 척을 준비해주십시오. 밤에 배를 타고 나가, 인도 해안 아무 데나 내려주면 됩니다. 요구 조건은 그게 다예요.'

'자네 한 명이라면 가능하겠군.'

소령이 말했어.

'전부가 아니면 안 됩니다. 맹세했으니까요. 네 사람은 언제나 함께 행동하겠다고 말입니다.'

그러자 소령이 대위에게 말하더군.

'이보게, 모스턴. 스몰은 자기 말을 지키는 사람이야. 친구들을 배신하지도 않지. 우리도 이 친구를 믿어도 될 것 같네만.'

'내키지 않는 일이야. 하지만 자네 말대로 우리 몫을 두둑하게 챙길 기회이긴 하군.'

모스턴 대위의 말을 듣고 소령이 말했지.

'스몰, 자네 요구 조건을 들어주겠네. 하지만 그전에 먼저 자네 이야기가 사실인지부터 확인해봐야겠어. 상자를 숨겨놓은 곳을 말해주면 며칠 휴가를 얻어 이번 달 수송선을 타고 인도로 가서 조사를 해보고 싶네만.'

'서두르지 마십시오. 일단 나머지 세 명의 동지들에게 허락을 구해야 하니까요. 우리 네 명은 모든 것을 함께한다고 말하지 않았습니까.'

숄토 소령이 조급해할수록 나는 점점 더 차분해졌어.

'말도 안 돼! 어째서 우리가 합의한 내용을 검둥이 세 명한테 허락받아야 한단 말인가?'

소령이 언성을 높였어.

'검둥이든 파랑이든 그들은 제 동집니다. 우린 모든 것을 함께할 겁니다.'

우리는 마호메트 싱, 압둘라 칸, 도스트 아크바르까지 모두 참석한 자리에서 그 문제를 다시 이야기했지. 한참 의논을 한 끝에 마침내 합의점을 찾았어. 우리가 장교들에게 아그라 요새의 도면을 주고 보물을 숨겨둔 벽의 위치를 알려주면 숄토 소령이 인도로 가서 확인을 하기로 한 거지. 소령은 상자를 찾으면 그대로 놔두고, 우리가 타고 나갈 작은 요트와 충분한 식량을 러틀랜드 섬에 두기로 했어. 소령은 우리가 확실히 출발한 뒤에 부대로 복귀하기로 했지. 모스턴 대위는 그때 휴가를 내서 우리와 아그라에서 만나 보물을 나누기로 하고, 대위가 소령의 몫까지 받아가기로 했어. 그리고 우리 모두는 합의안을 지키고 비밀을 엄수하겠다는 가장 엄숙한 맹세를 했지. 내가 밤새 종이와 펜을 들고 아그라 요새의 도면 두 장을 그린 후 네 사람의 서명을 썼어. 압둘라, 아크바르, 마호메트, 내 이름을 적어넣은 거야.

자, 여러분. 이야기가 너무 길어서 지겨웠을지도 모르겠군. 존스 씨가 나를 빨리 감옥에 집어넣고 싶어서 안달하고 있다는 것도 알아. 남은 이야기는 가능한 한 짧게 하지. 배신자 숄토 소령은 인도로 떠나 돌아오지 않았어. 얼마 뒤 모스턴 대위가 우편선 승객 명단에 있는 그자의 이름을 보여주었지. 소령은 숙부가 유산을 남겨준 덕에 군대를 떠났다고 했어. 그자는 비열하게도 우리 다섯 명의 맹세를 저버렸을 가능성이 높았지. 곧바로 모스턴 대위가 아그라로 출발했는데 우리가 예상한 대로 보물은 사라지고 없더군. 합의했던 사항들을 하나도 지키지 않고 악당이 보물을 훔쳐 달아난 거였지. 그때부터 나는 복수만을 위해 살았어. 밤낮으로 복수의 칼을 갈았지. 복수심은 다른 열망을 모두 잊을 정도로 점점 더 강력해졌어. 법이나 교수대 같은 건 머리에 없었지. 반드시 숄토 소령 그놈의 숨통을 내 손으로 끊어버리리라. 머릿속에 온통 그 생각밖에 없었다네. 심지어 아그라 보물을 찾는 것보다 소령을 죽이는 게 우선이었어.

평생 동안 계획했던 수많은 일들 중에 실행하지 못한 것은 하나도 없었지만 기회가 오기만을 기다리기는 정말 견디기 힘들더군. 아까 약을 조제하는 법을 배웠다고 말했을 거야. 어느 날 서머턴 박사가 열병에 걸려 누워 있을 때 죄수 세 명이 숲에서 발견했다면서 안다만제도의 원주민을 데려왔어. 죽을병에 걸리자 혼자서 죽을 곳을 찾아 숲에서 나온 원주민이었지. 새끼 뱀처럼 위험하긴 했지만 내가 보살펴주었어. 두 달이 지나자 그자는 자리에서 일어나 걸을 수 있게 됐지. 내가 마음에 들었는지 그때부터 숲으로 돌아가려 하지 않더군. 항상 내 막사 주위를 맴돌다가 내가 그자에게서 그들의 언어를 조금 배운 뒤로는 한층 더 따랐지.

그자의 이름은 통가였는데 배를 잘 다루고 크고 넓은 카누도 한 척 가지고 있었어. 통가가 내게 헌신적이고 나를 위해서는 무엇이든 한다는 것을 알게 되자 마침내 탈출할 기회가 왔음을 깨달았지. 난 통가와 탈출을 계획했어. 그날 밤 통가는 지키는 사람이 아무도 없는 오래된 부두에 배를 대고 나를 태우기로 했지. 난 미리 통가에게 배 안에 참마와 코코넛, 고구마와 물을 많이 실으라고 지시를 해뒀고.

통가는 믿음직하고 충성스러웠어. 그 녀석보다 더 충실한 친구는 없을 거야. 약속한 날 밤에 통가는 배를 부두에 댔어. 그런데 그날따라 하필 교도관 한 명이 그곳을 지키고 있지 뭐겠나. 사악한 파탄이라고 불리며 기회만 있으면 나를 모욕하고 괴롭히던 자였지. 늘 복수를 다짐했는데 그날 기회가 온 거야. 마치 섬을 떠나기 전에 빚을 갚으라고 운명이 그자를 보내준 것 같았어. 파탄은 어깨에 카빈총을 멘 채 내게 등을 지고 강기슭에 서 있었지. 머리에 돌을 던지려 했지만 적당한 돌멩이가 보이지 않더군.

그때 마침 내 수중에 있는 적당한 무기가 떠올랐어. 난 어둠 속에 주저앉아 의족을 풀고는 그자를 향해 한쪽 다리로 세 걸음 정도 껑충껑충 뛰어갔지. 그자가 어깨에 메고 있던 카빈총을 내리기 전에 의족으로 있는 힘껏 내리쳤어. 그자의 머리를 정면에서 친 거야. 지금도 의족을 보면 그자를 내리쳤을 때 갈라진 자국이 보인다니까. 내가 균형을 잃는 바람에 우리는 함께 쓰러졌어. 일어나보니 그자는 쓰러져 있었지. 배에 올라타 한 시간 정도 나아가자 제법 먼 바다까지 갈 수 있었어. 통가는 무기와 신상神像까지 자기 물건들을 전부 챙겨 왔더군. 난 그 물건들 중에서 긴 대나무 창과 안다만 코코넛 돗자리를 이용해 돛을 만들었어. 그렇게 열흘쯤 바다를 떠돌다 열하룻날 운 좋게도 싱가포르에서 지다까지 말레이 순례자들을 싣고 가는 상선에 구조되었지. 이상한 사람들이 타고 있긴 했지만 나와 통가는 금세 분위기에 적응했어. 그 사람들의 좋은 점들 중 하나는 우리를 내버려두고 아무것도 묻지 않는다는 거였지.

그때부터 작은 친구와 함께했던 모험을 전부 이야기하는 건 아무래도 댁들이 좋아할 것 같지 않군. 내일 아침 해가 뜰 때까지 이야기해도 모자랄 테니까. 그렇게 전 세계를 떠돌았지만 우리는 좀처럼 런던에 돌아올 수가 없었어. 하지만 난 그 시간 동안 단 한 번도 목표를 잊지 않았어. 밤마다 숄토 소령이 꿈에 나왔지. 꿈속에서 나는 백 번도 넘게 그자를 죽였어. 그러다 삼사 년 전 마침내 영국에 돌아왔는데 소령이 사는 곳을 찾는 건 별로 어렵지 않았지. 나는 그자가 보석들을 전부 처분했는지 아직도 가지고 있는지 알아내기 위해 수소문을 했어. 그 일을 도와줄 만한 친구들도 사귀었고. 다른 사람들까지 곤경에 빠뜨리고 싶진 않으니 이름은 말할 수 없지만 어쨌든 그가 보석들을 그대로 가지고 있다는 것을 알게 됐어. 그때부터 복수하기 위해 여러 가지 방법을 시도했지만 교활하기 그지없는 자라 어디서든 프로 권투 선수들 두 명이나 아들들, 키트머트가의 경호를 받더군.

그러던 어느 날 그자가 죽어간다는 사실을 안 거야. 그런 식으로 그자가 내 손아귀를 벗어날지도 모른다니 미칠 것 같더군. 서둘러 그 집에 숨어들어 창문으로 상황을 살폈더니 침대에 누운 소령의 모습이 보이고 옆에는 아들들이 서 있더군. 그대로 뛰어들고 싶었지만 참을 수밖에 없었지. 그러다 소령의 입이 벌어지는 것까지 보고 그자가 죽었다는 것을 안 거야. 그날 밤, 난 소령의 방에 몰래 들어갔어. 그자의 서류를 뒤져 보물을 숨겨놓은 장소에 대한 단서가 있는지 찾았지만 단 한 줄도 없었지. 쓰라린 분노를 삼키며 방에서 나가려다가 문득 그자에 대한 우리의 분노를 나타내는 표시를 남긴다면 혹시라도 시크교도 친구들을 만났을 때 그들도 기뻐할 거라는 생각이 들더군. 그래서 나는 우리 네 사람의 서명을 종이에 휘갈겨 쓰고 소령의 가슴에 핀으로 꽂았지. 그자가 사람들을 배신하고 보물을 훔쳤다는 증표도 없이 곱게 무덤에 묻히도록 놔둘 수야 없었으니까.

우리는 시장통을 전전하면서 불쌍한 통가를 검은 식인종이라며 구경거리로 만들어 생계를 유지했어. 통가는 사람들 앞에서 날고기를 먹고 부족 전승의 춤도 춰야 했지. 그렇게 하루 일을 끝내면 모자에는 동전들이 가득 들어 있곤 했어. 나는 계속해서 퐁디셰리 로지의 소식을 들었지만 지난 몇 년간 소령의 아들들이 보물을 찾고 있다는 것 이외에 별다른 소식은 없었지. 그러던 중에 그토록 오래 기다렸던 소식이 왔어. 보물을 찾았다는 거였지. 그 집 맨 위층에 있는 바살러뮤 숄토의 화학 실험실 천장에서 말이야. 나는 장소를 확인하기 위해 즉시 그 집을 찾아갔지만 의족을 한 상태로는 거기까지 올라갈 수가 없었지. 하지만 지붕에 들창이 달렸다는 사실과 바살러뮤 숄토의 저녁 식사 시간을 알고 있었어. 통가의 도움을 받으면 수월하게 들어갈 수 있을 것 같더군. 통가의 허리에 긴 밧줄을 묶은 뒤 그곳으로 데려갔지. 통가는 고양이처럼 지붕 위로 올라가 들창으로 들어갔고. 그런데 운이 나쁘게도 바살러뮤 숄토가 방안에 있다가 대가를 치르질 않았겠나. 통가는 그자를 죽인 걸 잘한 일이라고 생각했던 모양이야. 밧줄을 붙잡고 올라와보니 통가가 공작새처럼 자랑스럽게 뽐내며 걷고 있더군. 내가 밧줄로 때리면서 피에 굶주린 괴물이라고 욕을 퍼부어대자 통가가 깜짝 놀라지 뭔가. 난 보물이 정당한 주인에게 돌아갔다는 것을 알리기 위해 탁자 위에 네 사람의 서명이 쓰인 종이를 남긴 뒤, 보물 상자를 밑으로 내리고 나도 내려갔어. 통가는 밧줄을 끌어올린 뒤 창문을 닫고 처음 들어왔던 통로로 빠져나왔고.

이제 할 이야기가 더 남았는지 모르겠군. 난 뱃사공들 사이에서 스미스의 증기선인 오로라호가 빠르다는 말을 듣고 이곳에서 도망갈 때 유용하겠다고 생각했어. 그래서 스미스를 찾아가 오로라호를 빌리고 우리를 배 타는 곳까지 무사히 데려다주면 큰돈을 주겠다고 했지. 스미스도 뭔가 이상하다는 생각은 했겠지만 우리 비밀을 알진 못했어. 지금까지 이야기한 건 모두 사실임을 밝혀두지. 이걸 다 이야기한 것은 댁들을 재미있게 해주려고 한 게 아니야. 댁들이 나한테 그렇게까지 호의를 베푼 것도 아니니까. 하지만 숨기지 않고 전부 말하는 것이 최선의 변호라고 생각하는데다 숄토 소령이 내게 얼마나 지독한 짓을 했는지, 그 아들의 죽음에 대해서는 난 결백하다는 것을 세상에 알리기 위해서 솔직하게 털어놓은 거야."

"아주 인상적인 이야기였습니다. 무척이나 흥미로웠던 사건에 어울리는 결말이군요. 마지막에 한 이야기 중에는 새로운 것이 없긴 했지만 말이죠. 당신이 밧줄을 준비해 갔다는 것만 제외하면 말입니다. 그건 미처 몰랐습니다. 어쨌든 나는 통가가 놓고 간 침 주머니를 보고 침이 더 없기를 바라고 있었는데 배에서 우리한테 한 방을 날렸더군요."

셜록 홈스가 말했다.

"놓고 온 게 다야. 대롱에 한 개가 남아 있었던 것뿐이지."

"아하, 그렇군요. 그걸 미처 생각하지 못했군요."

"이제 더 궁금한 건 없나?"

스몰이 친절하게 물었다.

"더이상은 떠오르지 않는군요. 감사합니다."

내 친구의 대답에 이어 애설니 존스가 말했다.

"홈스 선생, 선생은 무척 재미있는 분이며 범죄 전문가라는 걸 알겠습니다. 하지만 일은 일이죠. 이번엔 선생과 친구분의 부탁을 들어드리기 위해 많이 무리했습니다. 이제 저 이야기꾼을 경찰서로 데려가 안전하게 철창에 가둬야 마음이 편할 것 같군요. 마차도 대기중이고 경위 두 명이 밑에서 기다리고 있습니다. 두 분의 도움, 정말 감사했습니다. 그리고 당연히 두 분 모두 재판에는 참석하셔야 합니다. 안녕히 계십시오."

"가봐야겠군."

조너선 스몰이 인사했다.

"스몰, 앞장서."

두 사람이 방을 나설 때 존스가 경계심을 드러내며 말했다.

"안다만제도에서 그 교도관에게는 어떻게 그랬는지 몰라도 난 의족에 얻어맞지 않기 위해 각별히 조심할 테니까."

홈스와 함께 자리에 앉아서 한참 동안 묵묵히 담배를 피운 뒤에 내가 말했다.

"자, 이 극적인 사건도 막을 내렸군. 이번이 내가 자네의 수사 방식을 연구하는 마지막 사건이 될까 두렵다네. 영광스럽게도 모스턴 양이 날 남편으로 받아주겠다고 했거든."

홈스는 정말 우울한 듯 한숨을 길게 내쉬었다.

"나도 두렵다네. 자네에게 진심으로 축하한다는 말은 못 해주겠어."

그 말에 나는 약간 상처받았다.

"내 선택에 만족하지 못하는 이유라도 있는 건가?"

"전혀. 나도 모스턴 양이 정말 매력적인 아가씨라고 생각한다네. 우리가 하는 일에 큰 도움을 주기도 했지. 모스턴 양은 이런 쪽에 분명히 재능이 있어. 아버지가 남긴 수많은 서류들 중에서 아그라 요새의 도면을 보관하고 있었던 것을 보면 알 수 있지. 하지만 사랑은 감정의 문제라네. 내가 다른 무엇보다 우선적으로 생각하는 냉정한 이성에 정반대되는 것이 바로 감정이지. 올바른 판단을 내리기 위해 난 절대 결혼을 하지 않을 생각이거든."

"나는 내 이성이 사랑이라는 시련 속에서도 살아남을 거라고 믿고 있어. 그런데 자네 피곤해 보이는군."

내가 웃으며 말했다.

"맞아. 벌써 반작용이 시작됐어. 앞으로 일주일 동안은 넝마처럼 늘어져 있을 거야."

"정말 희한하다니까. 자네가 보여주는 엄청난 활력과 열의가 게으른 상태와 번갈아가면서 나타난다니."

"맞아. 난 아주 게으른 동시에 활력이 넘치기도 하지. 그 부분에 관해선 종종 괴테의 말을 떠올리곤 한다네. '선인과 악인을 둘 다 만들 만큼 재료가 충분히 있었는데, 어째서 자연은 오직 그대 하나만을 만들었단 말인가.' 어쨌든 이번 노우드 사건에서는 집안에 스몰과 공모한 자가 있어. 내 생각엔 집사라는 랄 라오일 거야. 존스가 그자를 알아서 잡아갔으니 그 공로만큼은 독차지할 수 있겠군."

"불공평한데. 사건은 자네 혼자 해결했잖나. 난 아내를 얻고 존스는 명예를 얻었지. 자네에게 남은 건 뭔가?"

"내겐 코카인병이 남아 있지."

셜록 홈스가 대답했다. 그러고는 코카인병을 향해 길고 하얀 손을 뻗었다.

*

트리비아

TRIVIA

『네 사람의 서명』과 오스카 와일드

많은 독자들의 추측과 달리 '셜록 홈스' 시리즈의 첫 권인 『주홍색 연구』는 영국에서 그리 성공하지 못했다. 두 번째 작품인 『네 사람의 서명』은 영국 독자들이 아니라 미국 독자들의 뜨거운 반응에 힘입어, 필라델피아에서 발행되는 《리핀코츠 매거진Lippincott's Magazine》에 발표되었다. 흥미로운 사실은 리핀코트사社가 아서 코넌 도일에게 작품 의뢰를 할 적에 오스카 와일드도 한자리에 있었다는 것이다. 도일과 와일드의 첫 만남이었는데, 도일의 자서전 『기억과 모험Memories and Adventures』의 8장 '내 첫 문학적 성공'에 바로 그 순간에 대한 흥미로운 일화가 실려 있다.

오스카 와일드는 정말 독특한 사람이었다. (중략) 그는 재미있고 신기한 일화들을 이야기해주었는데, 그중에는 친구의 행운을 질투하는 우리의 모습을 빗댄 냉소적인 우화도 있었다. "악마가 리비아사막을 지나가고 있었습니다. 그러다 우연히 수행중인 수도사와 마주치게 됐죠. 악마는 부하들더러 수도사를 괴롭히게 했습니다. 하지만 수도사는 모든 유혹을 너무나도 쉽게 물리쳤어요. 악마는 부하들이 실패하자 직접 나서기로 했습니다. '네놈들이 너무 미숙하니 이번에 내가 한 수 가르쳐주마.' 그런 다음 수도사의 귓가에 대고 속삭였습니다. '네 동생이 지금 막 알렉산드리아의 주교가 되었다.' 그러자 평온하던 수도사의 얼굴이 한순간에 악의에 찬 질투심으로 일그러졌습니다. 악마가 부하들에게 말하기를, '이게 바로 내가 추천하는 방법이다.'"
그날 저녁 와일드와 나는 《리핀코츠 매거진》에 실릴 작품을 의뢰받았다. 와일드는 그의 높은 도덕 수준을 보여주는 『도리언 그레이의 초상』을 썼고, 나는 홈스가 두 번째로 등장하는 『네 사람의 서명』을 썼다.

도일이 오스카 와일드에게 들은 이야기에서 영감을 얻었다고 직접적으로 말한 바는 없다. 하지만 『네 사람의 서명』의 사건들이 '가질 수 없는 것에 대한 갈망'과 '질투'를 계기로 벌어진다고 생각하면 흥미로운 일화가 아닐 수 없다. 도일은 오스카 와일드와 함께한 시간을 "황금빛 저녁Golden Evening"이라고 불렀다.

8쪽 | 모르핀과 코카인

"오늘은 모르핀인가, 코카인인가?" 왓슨의 질문을 보면 홈스는 모르핀과 코카인을 둘 다 상용하는 사람임을 알 수 있다. 당대에는 두 약물 모두 마약이라는 인식이 없었다. 진통제로 개발된 모르핀은 알코올의존증부터 류머티즘, 폐결핵까지 고치는 만병통치약으로 세상에 알려졌다. 코카인은 국소마취제로 각광받았다. 이 약물들은 중독성이 제대로 알려지지 않은 상태에서 1853년 개발된 피하주사기와 만나 파괴적인 속도로 중독자를 양산했다. 유명 제약 회사들은 모르핀, 헤로인, 코카인 등과 함께 피하주사기를 가정용 응급처치 세트로 만들어 팔기까지 했다. 19세기 말에는 모르핀중독 문제가 점차 수면 위로 올라오고 있었지만 여전히 모르핀과 코카인을 구하고 투입하는 과정은 합법적으로 이루어졌다. 그러나 현대의 눈으로 볼 때 홈스는 마약중독자라는 비판을 피할 수 없다.

11쪽 | 왓슨의 부상 부위

아서 코넌 도일은 시리즈 첫 작품인 『주홍색 연구』에서 왓슨이 "제자일 장총의 총탄에 어깨를 맞는 부상을 당"했다고 명시해놓고도, 두 번째 작품인 『네 사람의 서명』부터는 왓슨이 제자일 장총의 총탄에 "다리를 관통"당했다고 서술한다. 이후 왓슨이 어깨를 다쳤다고 진술하는 작품은 없지만 다리를 다쳤다는 진술은 간혹 등장한다. 이에 대해서는 여러 가지 설이 있는데 여기 한 가지를 소개한다. 왓슨은 총탄에 어깨도 맞고 다리도 맞았는데, 처음에는 두 부위 중 어깨의 부상이 더욱 심각해 보였으나 말끔히 낫고, 언급조차 하지 않을 정도로 대수롭지 않았던 다리의 부상이 도리어 눈에 띄는 후유증을 남겼다는 것이다. 그러나 독자들의 추리가 무색하게도 도일이 작품을 집필하면서 전작이나 심지어 쓰고 있는 작품의 앞부분조차 잘 확인하지 않았다는 사실은 유명하다. 그러니 왓슨의 부상 부위에 관한 오류는 도일의 단순 실수일 가능성이 가장 높다.

28쪽 | 『네 사람의 서명』 작품 배경 시기

'셜록 홈스' 시리즈를 통틀어 『네 사람의 서명』은 작품 내에 풍부한 배경 시기 서술이 있음에도 독자들 사이에 가장 심각한 논쟁이 있는 작품이다. 특히 『네 사람의 서명』은 시리즈의 다른 작품들의 배경 시기를 추론하는 기준점 역할을 하고 있어 논쟁이 가열찰 수밖에 없다. 논쟁거리는 다음 문장으로 요약할 수 있다. 몇 년 몇 월에 사건이 벌어졌는가.

먼저 몇 월에 사건이 벌어졌는지를 살펴보자. 28쪽에서 새디어스 숄토가 메리 모스턴에게 당일 보낸 편지에는 7월 7일이라는 소인이 찍혀 있다. 하지만 39쪽에서 왓슨은 지금이 9월이라고 말한다. 도일은 1890년 3월 6일에 편집자에게 보낸 편지에서 자신이 사건 배경 시기로 7월과 9월을 혼동하여 서술한 것에 대해 언급하며, "이 책에는 수정해야 하는 명백한 실수가 하나 있"다고 고백했다. 하지만 결국 어느 쪽으로든 통일시키지는 않았다.

사실 몇 월인지는 사건이 일어난 연도에 비하면 중요하지 않다. 26쪽에서 메리 모스턴은 아버지의 실종일을 1878년 12월 3일이라고 밝히며, 거의 십 년 전이라는 설명을 덧붙인다. 또한 1882년 5월 4일 자 신문에 자신을 찾는 광고가 실렸다며 이 날짜를 육 년 전쯤이라고 말한다. 메리 모스턴의 진술만 보면 이 작품의 배경은 1888년으로 보는 것이 타당하다. 그러나 사건 발생연도가 1888년이라면 커다란 문제가 생긴다. 도일이 다른 단편에서 왓슨은 1888년 3월에 이미 결혼한 상태였다고 적었기 때문이다. 1888년 7월이든 9월이든, 적어도 『네 사람의 서명』 사건 당시 왓슨은 독신이어야 한다. 메리 모스턴에게 청혼을 하기 때문이다. 그렇다면 1888년 3월의 혼인 상대는 누구

일까? 왓슨은 결혼을 몇 차례나 한 것일까? 메리 모스턴이 홈스와 왓슨에게 진주가 여섯 알이 든 상자를 보여준 것을 근거로, 1882년부터 1887년까지 진주를 받았으리라 추론하여『네 사람의 서명』의 배경을 1887년으로 보는 사람도 있으나 진실을 알 도리는 없다.

39쪽 | 안개의 도시 런던

『네 사람의 서명』은 물론, 시리즈 첫 작품인『주홍색 연구』에서부터 런던은 내내 안개의 도시로 묘사된다. 찰스 디킨스 등 다른 문호의 작품에서도 빅토리아시대의 런던은 유독 짙은 안개에 싸여 있는 모습이다. 지리적으로 안개가 잘 생기는 위치에 있는 런던이라지만 빅토리아시대의 안개는 특별히 지독했다. 18세기 중엽부터 시작된 산업혁명의 영향으로, 공장에서 공기중으로 배출한 유독물질과 뒤섞여 색이 누렇고 위험했다. 더러움도 극심해서 안개 속 검댕이 사람의 의복을 더럽힐 정도였다.『네 사람의 서명』 서두에서 홈스는 런던의 "누런 안개"를 언급하며, 왓슨은 새디어스 숄토의 집으로 향하는 도중 도심 위로 나지막이 깔린 짙은 안개를 보고 "진흙색 구름"이라고 일컫는다. 더러운 대기로 유명했던 런던에서는 1952년 끔찍한 스모그로 총 일만 이천 명가량이 사망했다. 결국 1956년 영국은 세계

최초로 공기 청정법을 제정했다.

61쪽 | 스트리크닌

스트리크닌은 식물성 알칼로이드로 아주 소량만 복용해도 사망에 이르는 독극물이다. 그런데 의사로서 스트리크닌의 위험성을 모를 리 없는 왓슨은 건강에 대한 조언을 구하는 새디어스 숄토에게 "스트리크닌을 진정제 삼아 많이 복용하는 것이 좋다"는 말을 한다. 왓슨은 발언 당시 부유한 상속녀가 될 메리 모스턴과 자신의 처지를 비교하며 무척 상심한 상태였다. 하지만 그의 심정을 감안해도 지나치게 치명적인 실수임이 분명하다. 새디어스 숄토는 형제와 달리 조너선 스몰과 마주치지 않고 살아남았지만, 이후 그가 건강했을 것 같지는 않다.

63쪽 | 우편배달부의 문 두드리는 방식

1892년 8월 31일 자 《시카고 트리뷴》에 보면 "런던의 우편배달부는 호루라기를 부는 대신 문을 두 번 두드린다"는 말이 있다. 실제로 빅토리아시대에 우편배달부는 문을 두 번 두드리는 관습이 있었다. 한 번 두드려 반응이 없으면 한 번 더 두드리지만, 일이 많기 때문에 세 번까지는 두드리지 않고 가버리던 것이 관습으로 굳어졌다고 한다. 63쪽에서 새디어스 숄토는 "우편배달부가 문을 두드리는 것처럼 특이하게" 두드리는데, 당시의 관습을 알면 문을 두 번 두드렸다는 것으로 이해할 수 있다. 이후 이 관습이 초인종을 두 번 울리는 방식으로 바뀌었으며 제임스 M. 케인의 『우편배달부는 벨을 두 번 울린다The Postman Always Rings Twice』(1934)에 바탕이 되었다는 이야기도 전해진다.

65쪽 | 권투 시합

19세기 후반 권투 시합은 불법이었다. 권투 자체는 순수한 힘의 대결로 17세기부터 신사들의 스포츠로 각광받았던 것에 반해 시합은 이기는 사람에게 돈을 거는 도박으로 곧잘 이어졌기 때문이다. 이런 사행성 때문에 영국에서는 권투 시합이 금지되었고 미국에서는 비밀리에 도박 장소에서 개최되었다가 경찰이 들이닥쳐 경기를 중단시키는 경우가 비일비재했다. 그러나 1880년 영국에서 최초로 아마추어 권투 협회Amateur Boxing Association가 결성되고 이듬해 아마추어 권투 선수권 대회도 치러진 것으로 보아 1890년『네 사람의 서명』발표 당시에는 시합도 제도권 내로 들어온 것으로 보인다. 홈스는 시리즈 전체에서 신사의 덕목 이상으로 권투에 능하다고 묘사되며 『네 사람의 서명』에서는 전직 권투 선수 맥머도에게 권투 선수로 일하지 않다니 "재능을 낭비"했다는 상찬까지 듣는다. 로버트 다우니 주니어가 주연한 영화 〈셜록 홈즈〉(2009)에서도 홈스는 권투에 능한 사람으로 묘사된다.

123쪽 | 베이커 스트리트 탐정단

가장 오래된 셜로키언 모임의 이름이자, 시리즈 내에서 홈스의 수사에 큰 역할을 담당하는 베이커 스트리트의 부랑아 무리를 가리키는 이름이다. 홈스가 이들을 이용해 수사를 하는 것은 잘 알려져 있지만 인지도와 달리 단 세 작품에서만 언급된다. 『주홍색 연구』, 『네 사람의 서명』, 「등이 굽은 남자」(『셜록 홈스의 사건집』에 수록)다. 부랑아들의 이름은 대장으로 묘사되는 위긴스만 언급될 뿐이다. 재미있는 것은 『주홍색 연구』와 『네 사람의 서명』 두 작품에 가장 나이 많은 대장으로 등장하는 위긴스가 『주홍색 연구』 이후 전혀 나이를 먹지 않은 모습으로 『네 사람의 서명』에 재등장한다는 점이다. 이 두 작품은 배경 시점이 칠팔 년 정도 차이 난다.

트리비아 참고 문헌

Arthur Conan Doyle, 『The Sign of Four』, Oxford University Press, 1993
Jack Tracy, 『The Ultimate Sherlock Holmes Encyclopedia』, Doubleday & co., 1977
Nick Utechin, 『Amazing & Extraordinary Facts – Sherlock Holmes』, David & Charles, 2012
데이비드 스튜어트 데이비스 외, 이시은 · 최윤희 옮김, 『셜록 홈즈의 책』, 지식갤러리, 2015
아서 코넌 도일, 레슬리 S. 클링거, 승영조 외 옮김, '주석 달린 셜록 홈즈' 시리즈, 현대문학, 2013

*

해설

빅토리아시대의 연인들

전 세계의 기준이 되는 그리니치 표준시의 나라. 축구를 사랑하는 신사의 나라. 입헌군주제의 나라. 아직 귀족 제도가 존재하며 EU에 가입하고서도 독자적인 화폐를 사용한 나라. 셰익스피어의 나라. 우리나라에서 비행기로 열두 시간가량이 걸리는 먼 나라 영국. 그 먼 나라의 몇백 년 전 모습을 지금도 사랑하는 사람들이 많으며, 그 시대를 배경으로 한 작품들이 계속해서 만들어지고 있다는 것은 조금 기묘한 감이 있다. 그 시대를 사랑해서 그 배경의 작품이라면 일단 한 번은 펼쳐보고야 마는 사람들이 있기 때문이겠지만.

빅토리아시대, 역사적으로는 1837년에서 1901년까지 빅토리아 여왕이 재위했던 시기는 영국의 최전성기라는 한마디로 묶기에는 너무 많은 변화가 있었던 시기였다. 이 중에 가장 매력적인 시기는 1870년부터로, 빅토리아시대 후기로 분류되는 기간이다. 영국의 공고했던 계급사회가 흔들리며 현대 시민사회의 모습이 보이기 시작하는 격동의 시기이기 때문으로, 셜록 홈스가 이때를 배경으로 활약하는 것과도 무관하지 않다. 사회가 급격하게 변화해가는 시대란 얼마나 매력적인 세계인가. 옛 사고방식과 새로운 이념이 곳곳에서 충돌하는 갈등 상황. 그래서 『네 사람의 서명』은 '셜록 홈스' 시리즈의 많은 작품 중에 가장 사랑스러운 작품이다. 시대 상황이 잘 그려진 장편인데다 작품 속의 러브 스토리와 추격전의 흡입력이 뛰어나기 때문이다. 사실 『네 사람의 서명』은 시리즈의 장편 중에 필자가 가장 먼저 읽은 책이기도 하다.

신사와 숙녀의 연애 : 빅토리아시대의 로망

이 작품에서 왓슨의 역할은 다른 작품에서보다 중요하다. 추리 부분의 주인공이 홈스라면 로맨스 부분의 주인공은 왓슨이라고 할 수 있겠다. 다른 작품에서 왓슨은 홈스의 조수이자 홈스의 활약상을 사람들에게 알리는 전기 작가에 그치지만, 이 작품에서 왓슨은 로맨스의 중심인물이다.

글의 배경이 되는 1888년은 중국과의 아편전쟁이 끝나고

1876년의 동인도회사 해산 이래 빅토리아 여왕이 인도 황제가 된 지도 십 년 이상 지난 시기이다. 신분제의 계급 외에도 경제적인 부가 사회적 지위를 좌우하는 경향이 높아지면서 계층간 이동이 잦아진 시대이기도 하다.

빅토리아시대 이전까지 영국 사회에서 상류층이란 곧 귀족과 준귀족(이하 귀족과 함께 귀족으로 통칭한다)을 가리켰다. 세습 재산을 바탕으로 한 이들의 생활은 평민이 따라잡을 수 없는 높은 수준이었고, 사교계에도 귀족이 아닌 자는 출입이 허용되지 않았다. 하지만 빅토리아시대의 급변하는 사회 속에서는 상류층이었던 귀족이 투자나 사업 실패로 길거리에 나앉는가 하면, 산업혁명에 힘입어 크게 재산을 늘린 중류층 평민이 귀족들과 비슷한 수준으로 생활하는 일이 늘어났다. 중류층 평민 일부는 부를 기반으로 귀족들과 자연스럽게 어울렸고, 토지를 구매하여 영주가 된다거나 귀족 집안과 혼약을 맺는 등의 방법으로 아예 신분제 내에서 확고한 계급 상승을 이루어 사교계에도 큰 탈 없이 출입했다.

한편 부유하면서도 사회적으로 백안시당하는 사람들도 있었다. 네이봅Nabob, 지금은 벼락부자라고 번역되는 이 단어는 빅토리아시대 식민지 인도에서 갑자기 부자가 되어 돌아온 이들을 가리키는 말이었다. 이들은 코넌 도일이 이 작품에 쓴 새디어스 솔토에 대한 묘사처럼 '구리 반지에 최상급 다이아몬드를 끼워놓은 것처럼 실내장식들이 전혀 어울리지 않는 집'에 살았다. 교양이 부족해 무례한 행동을 아무렇지도 않게 한다는 것이 네이봅을 향한 세간의 평판이었다. 네이봅은 인도에서 도덕적으로 올바르지 않은 일을 통해 돈을 벌었을 것이라는 편견이 담긴 의심을 받기도 했으며, 사교계에 드나들기 위해서는 상당한 노력이 필요했다.

이런 시대에 사회적 계층이나 경제적 상황을 무시하고 신사와 숙녀가 좋은 감정만으로 연애한다는 건 그렇게 쉬운 일이 아니었다. 빅토리아시대 이전 시기의 이야기인 제인 오스틴의 『오만과 편견』에서는 같은 계층이라 하더라도 집안의 재력이 크게 차이 나는 남녀의 연애가 얼마나 사람들의 입에 오르내리는지를 볼 수 있는데, 계층을 이동하는 사람들이 생겨난 이후에도 상황은 달라지지 않았다. 오히려 사회적 계층이 언제 뒤바뀔지 모르는 빅토리아시대가 되고 나서는 결혼이 혼인 당사자들의 사회적 지위를 공고화하는 도구로서 더욱더 중요시되었다. 빅토리아시대의 연애는 결국 서로가 속한 계층과 재산이 걸맞을 때에야 시작될 수 있었고, 19세기 말 런던의 청년 세대들은 계층과 부, 두 개의 추를 다리에 매단 채 교양이라는 정장을 입고 살아가야만 했다.

빅토리아시대에는 어떤 직업이 주목을 받았나

빅토리아시대 이전, 전문직은 상류층인 귀족들의 전유물이었다. 성직자, 법조인, 고위 공무원 등의 당시 전문직으로 일할 만큼 충분히 교육받은 이들이 귀족밖에 없기도 했지만, 영국에 존재하던 장자 상속 제도 때문이기도 했다. 이 제도는 부동산을 포함하여 집안의 재산은 모두 가문의 소유이므로 재산을 잘 유지하여 가문을 대표하는 장자에게 물려주어야 한다는 의식 아래에 태어났다. 따라서 재산 상속에서 제외된 차남 이하의 형제들은 부모님이 돌아가신 후 장자에게 경제적으로 의존하거나 스스로 돈을 벌지 않는 한 살아갈 방도가 없었고, 이들은 부모의 지원 아래에서 받은 고등교육을 바탕으로 당연하게도 전문직 종사자가 되었던 것이다.

하지만 빅토리아시대에 이르러 전문직에 종사하는 계층은 중류층 평민까지 넓어진다. 귀족들만 입학할 수 있던 고급 사립학교들이 중류층에게 문을 열며 중류층에게도 고등교육을 받은 사람만이 종사할 수 있는 전문직의 길이 열린 것이다. 직업의 위상이 높다 보니 전문직으로 일하며 어느 정도 사회적 인정을 받은 사람들은 상류층이나 다름없는 대우도 받았다.

이 시기의 의사(군의관) 또한 고등교육이 필요한 전문직이지만 부상으로 도중에 제대한 왓슨은 중류층 중에서도 좋은 위치라고 할 수 없다. 그런 그에게 (군 장교로 일한 경력상 적어도 중류층이었을 것으로 추정되는) 아버지를 잃고 가정교사로 생활을 꾸려나가는 메리 모스턴은 누구보다도 적합한 혼인 상대다.

19세기 말, 여성들은 대부분 남성에게 경제적으로 의지해 살아야 했다. 남성 사용인들의 급료에 비해서 여성 사용인들의 급료는 낮았다. 의무교육이 시행되면서 타자수나 간호사 등 여성을 위한 전문직이 생겨났지만, 중류층이나 상류층 여성이 쉽게 뛰어들 수 있는 직업은 아니었다. 특히 전문직으로 종사하는 아버지 밑에서 자란 여성들은 결혼하기 전까지는 부유한 가정의 가정교사로서 일하는 것 외에 다른 직업은 선택할 수 없었다. 결혼에 흠이 될 수 있는 험한 직업을 택할 수 없었기 때문이다. 하류층의 여성이 생계를 꾸리기 위해 종사하는 메이드라거나 공장 작업부 등의 직업도 같은 이유로 선택지에서 제외되었다.

여성 가정교사Governess는 학문적으로 깊은 내용을 가르치지 않는 경우가 대부분이라 남성 가정교사Tutor처럼 가족의 일원 같은 대우를 받지는 못했다. 하지만 사회적으로 인정받는 직업이었고 어린이들을 돌보면서 메이드의 일을 겸하는 경우가 많았던 보모와는 구별되었다. 특히 간호사처럼 전문교육을 필요로 하지 않았기 때문에 아버지나 남편 등 지원을 해줄 남성이 없는 여성에게는 더할 나위 없는 선택이었다.

빅토리아시대를 배경으로 하는 샬럿 브론테의 소설『제인 에어』의 제인도 가정교사이며, 빅토리아시대를 사랑하는 사람들이 열광한 일본 만화, 모리 가오루의 '엠마' 시리즈에서 엠마를 처음 거두어준 켈리 역시 은퇴한 가정교사이다. 사용인이면서도 일반적인 사용인보다 대우받는 직업이라는 모호한 위치 때문에,『제인 에어』와 '엠마' 시리즈를 비교하면 가정교사의 상반된 지위를 느낄 수 있다. 전자에서 가정교사는 "충족시켜야 하는 근심 가득한 의무만 있고 살아 있는 존재로도 이성적인 존재로도 여겨지지 않는" 존재라고 묘사되는 한편, 후자에서는 일찍 남편을 잃고 삼십여 년간을 가정교사로 보낸 켈리를 사람들이 존경하고 깍듯이 대우하는 모습이 그려지고 있다. 이렇게 모호한 위치에 있는 가정교사는 메리 모스턴같이 상속받은 재산도 없고 부모님도 잃은 교육받은 여성에게는 결혼할 때까지 경제적으로 곤란을 겪지 않을 거의 유일한 방법이었다.

의사와 상속녀가 결혼한다고?

첫눈에 메리 모스턴에게 반한 왓슨은 그녀가 거액의 재산을 상속받을지도 모른다는 말에 오히려 상심한다. 지금 생각하면 이해가 안 되는 상황일지도 모르겠다.

메리 모스턴의 아버지가 심장 발작을 일으키지 않고, 존 숄토 소령과 보물을 반으로 나눠 네이봅으로 영국에서 자리잡았다고 가정해보자. 아마도 그는 인도인 하인과 함께 돌아와 고가의 저택을 사들이고 경호인들에게 둘러싸인 삶을 살았을 것이다. 숄토 소령이 가로챈 돈은 오십만 파운드, 지금의 가치로 환산하면 오백억 원 이상의 액수다. 그 금액의 반이라 하더라도 여전히 대단한 금액이라, 천박한 실내장식을 한 집에 살며 교양이 부족한 모습을 보이더라도 귀족이 아니고서는 함부로 무시하기 쉽지 않았을 것이다. 사교계에서야 은밀하게든 노골적으로든 비웃음을 샀겠지만 말이다. 어쨌든 메리가 아버지의 뒤를 이어 재산을 상속받게 되었다면 왓슨은 메리와 사랑에 빠질 수는 없었을 것이다. 사립학교 등을 통해 귀족과 교류를 하면서 지낸 중류층의 자제들은 귀족가의 자제와 결혼하며 신분을 상승시키곤 했고 경제적으로 곤란을 겪고 있는 귀족이 의도적으로 부유한 중류층과 혼사를 맺으며 서로의 이득을 꾀하는 일도 있었다. 하지만 거액을 상속받을 외동딸과 하우스메이트를 구해야만 런던에서 살 수 있었던 왓슨은 사회적 계층이 같은 것만으로는 어울리는 상대가 아니었다.

왓슨은 숄토 소령의 사용인에게조차 대우를 받을 수 없는 인물이다. 개를 키우는 하류층 노인에게도 상소리를 듣다가 친구의 이름을 대고서야 비로소 환영을 받을 수 있는 사람이 왓슨이다. 그가 부유한 재산이 약속된 메리 모스턴과 어울리는 입장이 되기 위해서는 의사로서 더 많은 돈을 벌어 사회적으로 인정을 받거나 장자로서 부모로부터 재산이나 땅을 물려받는 방법밖엔 없다. 그러나 부모의 재산은 이미 장자인 형이 허비해버렸고 그는 전쟁의 후유증으로 다리에(작품에 따라서는 어깨에) 통증까지 느끼는 부상병이다. 성격상으로도 왓슨은 메리 모스턴에게 적극적으로 다가가기에는 너무나 신사적인, 조금은 소심한 남자이기도 하다.

메리와 왓슨의 해피엔딩

왓슨이 사랑에 빠진 메리는 어떤 사람인가. 사랑에 빠진 왓슨의 눈으로 보기 때문이기도 하겠지만, 작품 속의 메리 모스턴은 당시 중류층 남자들이 생각하는 이상적인 여성의 모습으로 묘사된다. 여자에게 냉정한 홈스조차 메리 모스턴이 사건 대비를 잘했다고 칭찬할 정도다. 비록 아버지가 불건전한 일에 연루되었다고는 해도 메리 모스턴은 아버지를 잃은 피해자로서의 역할이 강조된다. 이 글에서 홈스를 제외한 모든 남자가 메리 모스턴에게 연민을 보낸다. 새디어스 숄토는 형과 부딪치면서까지 메리 모스턴에게 재산을 나누어주어야 한다고 주장하고, 왓슨은 메리의 충격과 아픔을 공감하다가 의사로서의 통제력을 잃고 새디어스 숄토에게 극약을 권하기까지 한다. 왓슨이 이 정도로 의사의 직업윤리를 잊는 모습은 다른 작품에서는 보이지 않는다.

메리는 상냥하고 영리한 사람이다. 증거물을 꼬박 모아놓을 정도로 현명하며 보물을 찾을 경우 자신이 연마다 받을 일만 파운드, 현재 가치 십억 원이라는 고액에 흔들리지 않으며 재산에 관심이 없다고 청빈한 모습을 보인다. 값비싼 진주를 여섯 개나 받고도 한 알도 자신을 위해 쓰지 않고 모아둘 정도로 소박하기까지 하다. 숄토 소령의 저택에서 일하는 늙은 가정부가 메리의 얼굴을 보고 "어여쁘고 차분한 얼굴에 신의 축복이 있기를!"이라고 외치며 "아가씨를 보니 마음이 놓이는 것 같"다고 말하는 장면을 보면, 작가가 메리 모스턴을 어떻게 그리고 싶었는지 알 수 있다. 메리는 처음 보는 가정부의 손을 잡고 토닥이며 위로의 말을 건넬 수 있을 정도로 다정하고 따뜻한 성품인 것이다.

왓슨은 처음 메리를 만난 순간부터 "흠잡을 데 없는 품위 있는 옷차림에 장갑까지 끼"고 있는 모습에 깊은 인상을 받는다. 빅토리아시대에 장갑을 끼고 있는 것은 사용인에게 일을 맡기는 사람, 즉 일할 필요가 없는 사람이라는 뜻이었고, 더 나아가 상류층을 상징하는 물건이었다. 가정교사인 메리는 일할 때는 장갑을 끼지 않았겠지만, 홈스를 찾아왔을 때처럼 개인적인 자리에서 장갑을 끼고 있다는 것은 곧 상류층에 못지않게 예절이 몸에 배어 있다는 뜻이었다. 그렇게 고상한 모습에 반한 왓슨은 숄토가의 집에서 메리와 손을 잡으면서 사랑에 빠지고, 끔찍한 사건을 목격하고 흐느끼는 모습을 보며 보호해주고 싶다는 마음을 더욱 키워간다.

조혼 풍습이 남아 있던 빅토리아시대에 스물일곱 살의 메리는 신붓감으로서는 나이가 많은 편이었다. 왓슨도 메리보다 열 살 이상 연상으로, 두 사람 다 빅토리아시대 미혼 남녀라기에는 나이가 많다. 하지만 둘은 서로의 나이를 신경쓰지 않는 모습을 보인다. 중류층의 남성은 보통 결혼 시에 가문이 소개한 여자를 몇 번 만나고 곧바로 식을 올린다. 하지만 왓슨은 첫사랑에 빠진 청년처럼 메리와의 만남 자체에 집중한다. 메리의 모든 것을 관찰하며, 자신의 모습이 명예롭지 못할까 봐 걱정하면서도 메리가 흐느끼는 모습에 한없는 애정을 느끼고 포레스터 부인이 메리를 가족처럼 대해주고 있다는 것에 안도하며 사랑의 격정에 휘말린다.

점점 더 왓슨을 의지하는 메리를 보는 것도 재미 요소다. 메리는 처음 홈스에게 사건을 의뢰하러 왔을 때는 왓슨을 홈스의 친구로서만 대하지만, 사건이 진행되면서 홈스와 왓슨을 "여자를 구하려는 두 명의 기사"에 비유하기도 하고, 왓슨 옆에서 안

심하고 눈물을 흘리기도 한다. 상자를 손에 넣었을 때 사건 해결의 공을 왓슨에게로 돌리는 모습을 보면, 메리 역시 왓슨에게 호감을 느끼고 있었다고 볼 수 있다.

상속받을 보물이 없다는 것을 알게 된 순간에도 메리는 상실감을 드러내지 않고 침착하게 보물이 사라졌다고 말한다. 그리고 기뻐하는 왓슨에게 이유를 물은 뒤 왓슨의 고백을 곧바로 받아들인다. 메리 모스턴이 대답을 하기까지 어떤 생각을 하고 있었는지는 그 순간까지 그녀의 행동으로 짐작할 수밖에 없다. 메리를 자신보다 중요하게 생각하며 그녀가 닿을 수 없는 위치로 멀어질까 봐 전전긍긍하는 왓슨의 본심을 눈치채고 마음을 정한 게 아니었을까. 다시 가정교사로서 세실 포레스터 부인 댁에서 살아가기보다는 남편과 함께 살아가는 게 낫겠다는 계산적인 답이 아니었기를 바라는 마음이다. 그러기에는 왓슨이 홈스 시리즈 전체에서도 손꼽을 만큼 귀여운 면모를 보여주니 말이다. 이후 홈스와 함께 사건 조사를 하러 다니는 것도 적극적으로 말리지 않는 걸 보면 메리는 열 살 이상 연하이긴 해도 남편의 외부 활동을 적극 지지해주는, 당시로서는 이상적인 부인이다. 요즘의 로맨스라면 상속녀가 된 메리가 왓슨과 결혼하는 것이 더욱 해피엔딩으로 느껴질 듯하지만, 이 시대에는 급진적이거나 현실성이 없는 결말이라는 점을 고려하면 보물이 끼어들지 않은 두 사람의 결합은 충분한 해피엔딩이다.

『네 사람의 서명』이 시리즈 중 가장 사랑스러운 소설이긴 하지만 비판할 부분이 없는 것은 아니다. 사실 십 대에 처음 읽었을 때는 통가의 죽음에 대해 깊이 생각하지 못했다. 홈스가 아슬아슬하게 죽음에서 벗어났다는 사실만이 중요했기 때문이다. 흉측하게 묘사되는 통가를 보면서 세상에는 이렇게 끔찍한 종족도 있나 보다, 생각하기도 했다. 하지만 이후 세계사를 배우고 조금씩 '머리가 커지면서' 점점 예전엔 몰랐던 거슬리는 부분들이 보이기 시작했다. 세포이 항쟁이 폭동으로 그려지는 것을 알게 되었고, 인도인이 모두 음흉하게 그려진 것도 껄끄럽게 느껴졌다.

다만 여전히 시리즈 중에 가장 사랑스러운 작품으로 이 작품을 꼽는 이유는 정치적으로 올바르지 못한 부분이 있음에도 매우 흥미롭기 때문이다. 메리 모스턴이 상속을 받지는 못하지만, 왓슨은 사랑하는 여자와 결혼하고, 홈스는 독침에서 아슬아슬하게 벗어나고, 범죄자들은 재판을 받고.

그리고 생각해본다. '셜록 홈스' 시리즈를 포함해서 우리가 살아본 적 없는 과거를 배경으로 당대에 기록된 글은 그 시대의 문화를 고려해 읽을 필요도 있지 않을까. 오래전 작품이라고 해도 공정치 못한 인권 의식이 담겨 있음을 비판하는 것은 자연스러운 일이며, 그 시대 사람인 작가의 한계를 인지하고 시대상을 고려하여 인물을 이해하는 것 역시 필요하다. 당시의 상황에서 빅토리아시대 연인들이 얼마나 달콤한 연애를 하는지를 상상해 보는 것 또한 작품을 읽는 한 방법일 것이다.

갈원경(작가)

네 사람의 서명

The Sign of Four

초판 발행 2016년 9월 5일

지은이 아서 코넌 도일 | **옮긴이** 권도희 | **펴낸이** 염현숙

책임편집 김세화 | **편집** 임지호 이현 이송
아트디렉팅 이혜경 | **본문조판** 이정민 | **일러스트 및 캐릭터디자인** 박해랑
저작권 한문숙 박혜연 김지영 | **마케팅** 정민호 나해진 박보람 이동엽
홍보 김희숙 김상만 이천희
제작 강신은 김동욱 임현식 | **인쇄** 한영문화사 | **제책** 경일제책

펴낸곳 (주)문학동네
출판등록 1993년 10월 22일 제406-2003-000045호
임프린트 엘릭시르

주소 10881 경기도 파주시 회동길 210
문의 031-955-2637(편집) 031-955-3576(마케팅) 031-955-8855(팩스)
전자우편 editor@elmys.co.kr | **홈페이지** www.elmys.co.kr

ISBN 978-89-546-4136-4 04840
978-89-546-4090-9(SET)

엘릭시르는 출판그룹 문학동네의 임프린트입니다.